繪／紅麟

Gaea

GAEA

特殊傳說Ⅲ
恆遠之書篇 02
護玄——著

特殊傳說Ⅱ

恒遠之書篇 02

目錄

特殊傳說 II

THE-UNIQUE-LEGEND

恆遠之書篇

登場人物介紹

Atlantis 學院

姓名：褚冥漾（漾漾）
年級/班別：高中二年級/C部
性別：男
袍級/種族：無/人類（妖師）
個性：非常普通的男高中生，個性有點怯懦，不太敢與人互動。

姓名：冰炎（學長）
性別：男
袍級/種族：黑袍/燄之谷與冰牙族後裔
個性：脾氣暴躁、眼神銳利。不過是標準刀子口豆腐心的好人～
目前狀況：沉睡中

姓名：米可蕥（喵喵）
年級/班別：高中二年級/C部
性別：女
袍級/種族：藍袍/鳳凰族
個性：個性爽朗、不拘小節，喜歡熱鬧。非常喜歡冰炎學長！

姓名：雪野千冬歲
年級/班別：高中二年級/C部
性別：男
袍級/種族：紅袍/？
個性：有點自傲，知識豐富像座小型圖書館；討厭流氓！兄控!?

登場人物介紹

Atlantis 學院

姓名：西瑞．羅耶伊亞（五色雞頭）
年級/班別：高中二年級/C部
性別：男
袍級/種族：無/獸王族
個性：個性爽朗、自我中心。出身於暗殺家族，打扮像台客。

姓名：萊恩．史凱爾
年級/班別：高中二年級/C部
性別：男
袍級/種族：白袍/人類
個性：個性隨意，存在感低、經常超自然消失在人前，執著於飯糰！

姓名：藥師寺夏碎
性別：男
袍級/種族：紫袍/人類
個性：個性淡泊，不喜過多交談，是個溫柔的好哥哥。
目前狀況：從醫療班逃跑中

姓名：席雷．阿斯利安（阿利）
年級：大學一年級
性別：男
袍級/種族：紫袍/狩人
個性：友善隨和，善於引領他人。

姓名：靈芝草（好補學弟）
年級/班別：高中一年級/C部
性別：男
種族：人參
個性：初入世界，所以很容易受到驚嚇，但是在奇怪的地方也有小聰明。

姓名：哈維恩
年級/班別：聯研部　第二年
種族：夜妖精
個性：種族自帶暗黑的陰險反骨天性，但對於認定的事物相當忠誠、負責。平日也很認真在學習上。

登場人物介紹

其他

姓名：式青（色馬）
性別：男
種族：傳說中的幻獸．獨角獸
特色：能化為獸形或是人形
個性：只要美人希望我怎樣我就怎樣～

姓名：休狄．辛德森（摔倒王子）
種族身分：奇歐妖精族的王子
性別：男
袍級：黑袍
個性：看重血脈、家族、榮譽，厭惡隨便打交道。

姓名：九瀾．羅耶伊亞（黑色仙人掌）
身分：醫療班，鳳凰族首領左右手
性別：男
袍級：黑袍、藍袍（雙袍級）
個性：科科科科科……

姓名：黑山君
身分：時間之流與冥府交際處的主人
種族：不明
個性：不太有情緒起伏，性格相當謹慎細膩，偶爾會很正經地捉弄訪客。
特別說明：喜歡好吃的東西。

姓名：白川主
身分：時間之流與冥府交際處的主人
種族：不明
個性：看似大而化之、易相處，但心中自有衡量，很多事情都看在心中。
特別說明：喜歡會飛的東西，例如白蟻（？）

姓名：褚冥玥
身分：大二生，漾漾的姊姊
性別：女
袍級/種族：紫袍/人類（妖師）
個性：直率強硬，很有個性的冷冽美女。異性緣爆好！

登場人物介紹

其他

姓名：重柳族
身分：？
種族：時族
個性：非常正經認真、死守種族任務，
但思考並不僵化、能溝通。

姓名：安地爾
身分：耶呂鬼王高手
種族：似乎是鬼族（？）
個性：四分的無聊、四分的純粹惡意、一分的塵封友情、零點五的善意、零點三的不明狀態、零點一的退休狀態、零點一的觀光。
特別說明：最近都在泡咖啡。

第一話　外環村

樹林內最後一片旋飛的枯葉緩慢掉落在皮基尼臉上。

「夏碎學長……」

看著滿地被掛掉的假護衛隊，我正想問該怎麼辦時，站在原地的夏碎學長抬起手，做了個讓我不要出聲的手勢。

還有？

大約過了三、四秒，夏碎學長往前走了幾步，筆直看向不遠處樹下，「請問我們還得自行處理嗎？」

他的話不是對我說的，這讓我整個人緊張起來。

果然，夏碎學長說完話，附近便傳出細微的聲音，接著周圍樹影後分別走出幾個人，根本像鬼一樣，若沒動，我完全沒發現還有其他人！

不過如果眞的隨隨便便都被我發現，這世界大概就末日了。

走出來的人清一色黑底紅紋的配色打扮，有些是勁裝有些是輕甲，看起來相當俐落。

一年級時，我見過這種服裝樣式，鬼王攻進學校當下，來自燄之谷的軍隊就是如此穿著。

陸續出來五個人，可能附近還有其他人，不過站在我們面前的只有五個，其中一個輕甲打扮的向夏碎學長點了下頭，接著一聲不吭便轉頭往其他方向走。

按照經驗，這肯定就是不想講話版的「跟上來」意思。

夏碎學長跟上去後我也連忙快步跑，剛好來得及踏進那五個人張開的陣法，眨眼被轉移到另外一座長得不太一樣的森林裡……這燄之谷的森林還眞不是普通多元，這片森林的景觀和種類跟剛才的樹林差很多啊！你們森林可以東一群針葉林西一群闊葉林這樣長的嗎？

總之又被帶著走一小段路，最後我們來到森林中一間木屋前。

木屋並不大，是一般可容納六、七人住宿的小木屋，沿著旁邊的大樹上去，隱約可以看見瞭望台一類的設備，這裡大概是休息、固守的據點；如果忽視掛在樹上的奇怪人影，應該眞的就是這個功能沒錯。

我瞇起眼，覺得掛在樹枝中間的好像是個啥破布袋，但又似乎不是，勉強說有點像破爛的晴天娃娃，用麻繩套出個圓圓的頭部，下面是飄動的布料；一聽到腳步聲，那個怪怪的巨大晴天娃娃就朝我們這個方向轉過來，而且表情超詭異。

如果不是晴天娃娃，就是個自帶陰森背景的詛咒物了！這手工差得一臉怨恨啊！略微隱藏在樹枝後的眼睛根本沒縫好，超立體的眼球不但凸出來還脫線，邊邊有著一點一點黑紅色……做的人是一邊做一邊被針戳到吧……用的線都比我的頭髮還粗了，那根針八成也很大根，沒被戳到貧血也是某方面的厲害。

帶我們進來的五人小隊一個字都沒有吐出來，根本不解釋上面那個好像被吊死的晴天娃娃，也沒讓雙方有自報姓名的機會，整路死寂到木屋前，接著又突然消失，只留下一名看守人站在我們附近。

比起外面很多人一見面就自報家門和各種問候語，燄之谷連開口都懶還眞是神祕。

我默默抬頭看著在正上方晃動的怪東西。

掛在那裡的布袋娃娃稍微又晃動了兩下，我聽見明顯咿咿啞啞的麻繩摩擦聲，接著布袋娃娃很艱困地低下頭，用那張有著凸眼睛的臉盯著我們看。

如果不是在燄之谷不能輕舉妄動，我還眞有點想開槍把上面那個玩意打下來。

「別在意，那只是普通的守護門衛。」夏碎學長微笑說道：「也算是一種『眼睛』，類似我們學院外的精靈雕像。」

門衛嗎……如果燄之谷的手工都這麼差，這東西掛滿森林絕對驚人！我賭一定沒人敢再闖這個好像被詛咒的地方！

幸好我們學校外的雕像很賞心悅目，不然校牆吊死滿牆的晴天娃娃，我絕對在入學第一天馬上轉頭向後逃。

並沒有等很久，約五分鐘左右附近出現個紅色陣法，接著踏出了我見過兩次的黑髮男性，穿著同樣的黑底紅紋正裝，踏出後陣法沒消失，一直在原地轉動。

「藥師寺家的少主。」男人直接向夏碎學長行禮，接著轉看我。

不知道是不是我的錯覺，我覺得這人的視線十分不友善，雖然面部表情和先前一樣很冷淡，但就是能感覺到對我有敵意，而且也沒向我做任何招呼。

我愣了下，連忙禮貌性向他鞠了個躬，然後移到夏碎學長身後。

「阿法帝斯。」夏碎學長回了禮，「燄之谷應該明白我們出現在這裡的用意。」

「如果您不是與造成我少主重大傷害的一族同行，或許燄之谷會以更盛大的方式歡迎您的到來。」以前被學長轟出去過的阿法帝斯非常直白地冷漠說道，毫不遮掩他對我的不歡迎之意。應該說幸好夏碎學長在這邊，不然他搞不好一出陣法就會衝過來把我打一頓，然後掛上去和布袋娃娃配一雙。

「如果不是與冰炎搭檔多年，我也無法確定燄之谷只是純粹遷怒呢。」夏碎學長露出微笑，相當自然地回應對方：「就像他也知道很多事情並非妖師一族的錯，但還是會出腳踹我們的學弟。」

……

……學長原來你經常巴我踹我不是因爲單純腦殘嗎！

我猛地看向面不改色的夏碎學長，感覺好像聽見了什麼不得了的爆料！

阿法帝斯冷笑了聲：「請兩位隨我來吧。」

我懷著各種複雜的心情，默默跟上夏碎學長的腳步，一起踏進那個好像快燒起來的火焰色陣法裡。

「吾王爲了準備將到之事，正在閉關，少主等人離開後的事情還未傳遞給他，但我想王應該已經知道了。」周圍開始轉爲另外一處深山樹林景色時，阿法帝斯再度開口：「公會的人來查問過，我們認爲藥師寺少主差不多也該來了，所以便在外頭等待您。」

「勞煩了。」夏碎學長也很客氣地回應。

果然就像剛才所說的，燄之谷就會知道啊……我看著他們兩個，開始覺得會被圍毆的可能大概只有我了，燄之谷對夏碎學長還滿有禮貌的，按照剛剛的模式來看，也許接下來我會被各種想遷怒的人圍毆。

應該不會在這裡被活活打死吧。

糟糕，不安了！

「放心，即使遷怒，也不會將少主的朋友給打死。」阿法帝斯嗤了聲，踏出陣法朝前走去，「最多全殘。」

總覺得這人在鄙視我的時候語氣倒是和學長稍微有點像啊！

我摸摸又出賣我想法的臉，然後往臉頰拍兩下，連忙跟上前面兩人的腳步。

說起來，燄之谷名為「谷」，不過我們進來之後貌似一直在各種長得不一樣的樹林裡轉來轉去，並沒有眞的看見叫作谷的地形。

我好奇地左右張望，這片樹林又是另一種氣候會有的樣子。

「這裡是山外防禦村。」阿法帝斯回頭看了我一眼，可能是看在學長的面子上才帶著些許嫌惡的語氣開口：「雖然經過幾次遷移，但我們不會將防護落下，每遷移到新住處就會在周圍山脈建立許多環繞在主山外的防禦村，防止外來入侵者，經過特定的路線才能連接到燄之谷山體。」

稍微又走了段，果然看見一座小村子的入口。原本我以為可能是類似遠望者那種游牧駐所，隨時可以拔營離開，但沒想到看見的是蓋在森林裡的小村莊，戶數還不少，而且來往村人有些看起來不像是武士或戰士，就是超級一般的村民模樣，成人、小孩都有，還養了一些禽畜，四周是各種手工圍籬、石牆石雕，真的是超純樸的小村莊……如果不要看入口同樣吊死一隻凸眼睛的晴天娃娃，確實純樸普通。

不過不知道是不是我的錯覺，進到村子後開始覺得有些熱了，這裡比學院裡那種四季宜人的溫度高一點。

發現有人進入村口，在那邊玩耍的幾名小孩子停下動作，眨著眼睛看我們。

「兩位得先在這裡待一會兒，我們外圍還在處理些事，可能必須請你們協助。」略過那些小孩，阿法帝斯直接將我們帶進村口附近一座小茶棚裡。

穿著古代東方風格服裝的老闆立刻爲我們送上幾個茶碗和一壺帶著草藥清香的涼茶，搭上附近走來走去、差不多打扮的居民，還眞的有點像在古裝戲的拍戲現場。

「協助是指？」夏碎學長有些疑惑地詢問。

「我們的巡護隊在外面發現一名殺手家族的人在鬼鬼祟祟探查，另外在不同方位還有幾名異樣的探查者，目前皆在追捕。」阿法帝斯如實回答。

殺手家族是嗎……

我只記得趕走人參！忘記他一開始說五色雞頭也來到附近了啊啊啊啊啊！

「殺手家族那位應該也是我的學弟，如果將我們的位置告知他，他不會有什麼危害之舉。」夏碎學長說道。

「無所謂，即使起衝突，燄之谷也不會輸給外來者。」

看著阿法帝斯露出有些鄙視別人戰力的表情，我突然覺得搞不好燄之谷比我想像的還要好戰，難道獸王族的特色就是見人就打嗎？

依照這種模式推算，學長戰鬥力一直很可怕應該就是這個原因了吧，如果放著不管，學長估計天天都可以出任務輾人！完全就是一個放任天性到處造孽的狀態！

也不太對，尼羅就不會這樣啊，我們校內年度十大想嫁的男神票選進入前五名的尼羅整個超溫和的。還有他根本不是學生也不是教職員，莫名就入了校園人氣榜也不知道是怎麼回事，這根本是偷渡進去的提名吧！明明去年抓提名抓得很嚴，只要不是學生或教職員都會被剔除，讓很多人成群結黨想去偷提名欄，結果被主辦組一一打死在外。

據喵喵她們的八卦網說，投尼羅的票裡有很多都是男性，大家爲了被管家照顧而無視性別灌票，看看人家吃得多開，面子之大啊。

所以，說獸王族天生暴力好像也不對，至少尼羅就沒有揍過伯爵。

不然依照他經常拿出馬賽克東西、收拾善後的次數，伯爵早該被打成腦殘。

正在思考究竟獸王這種族到底有沒有暴力基因時，我的肚子突然一股隱約抽痛，提醒我那些被人參撞出來的內傷還沒痊癒。

「褚，這些喝下去會好一點。」夏碎學長將桌上涼茶推過來，也端著自己的那碗慢慢喝下。

摸著有點冰涼、看起來非常普通的茶碗，我喝了兩口，那種刺痛果然舒緩很多，就連剛才隱約的燥熱感也降低了，整個人舒爽不少。

確認我喝掉那碗茶，夏碎學長才轉向阿法帝斯，繼續剛才的交談：「異樣的探查者就是不讓公會進來的原因嗎？」

「是的，那些探查者已在外圍窺探有段時間，自學院被鬼族攻入後就跟上來。」阿法帝斯微微皺起眉，「燄之谷已退出歷史，我們的所在地與冰牙族一樣不該在現世被探測出來。但學院戰時，不知是何原因，有人以某種方式追蹤到我們當時使用的連結標點，雖然沒跟進山林，不過自那天開始就在外圍窺探，即使驅逐還是會出現。公會的人如果進來搜查，勢必會影響燄之谷各處結界，為了避免麻煩，時候未到前也不想再涉入歷史，於是才拒絕公會進入。」

「原來如此，燄之谷也真是難為了。」夏碎學長有些嘆息。

看來當時學院戰影響的事情比我想像的多，原本我只以爲僅有鬼族和妖師這邊變化比較大，沒想到只是路過的燄之谷也被盯上……這樣該不會冰牙族也被跟吧？

難道這件事和學長他們失去消息有關係？

也不對啊，摔倒王子和阿斯利安不太像這麼簡單就會踩到陷阱、無聲無息就不見的人，起碼摔倒王子還會炸個痛快引起大動靜；再不然，色馬應該也會搞出些什麼。

想不通……

站在一邊的阿法帝斯看起來不太想理我，只沉默地等待回報。

正在考慮要不要做點什麼事情打發時間，細微的聲音從米納斯那邊傳來。

「我們剛才所處的遠方外圍有黑暗同盟的微弱氣息。」

咦？

「跟來了？」

猛地回過神，我才發現阿法帝斯和夏碎學長都盯著我看。

……

我發誓一定要練成面癱和無口技能！

「黑暗同盟？」

夏碎學長聽完我說的話，思考半晌：「我們離開時，我並沒有感覺到有什麼跟上來。」

我轉向阿法帝斯，他白眼……他居然正大光明地白眼我！要不要這麼明顯！好歹收斂些啊！

「學院戰之後透過某些方式纏上我們的就是黑暗同盟。」八成原本不想講那麼詳細的阿法帝斯不耐煩地嘖了聲，一臉我很多事地開口：「雖然不像冰牙族參與過許多重大戰役，不過燄之谷仍有歷史地位，包括千年那次。即使我們退出歷史，依然有許多黑色種族不斷在找尋下落想加以毀滅，精靈方面也一樣。」

這就是傳說中打完就躲嗎？

不過我看學長他父母所屬的兩族都很強，貌似沒必要躲黑暗種族吧。他們給我的感覺比較像是來了就都輾掉！

看來還有各種原因。

「如果有需要，我可以請公會派遣人手……」

「不需要公會。」阿法帝斯搖頭打斷夏碎學長的話，「公會只會將事情搞得更複雜，我王一直反對少主進入公會，但顧慮到叛逆期，也只能任由少主，不過我們完全不信任公會，也不希望公會進入此地。」

……叛逆期？

學長，你在你家到底是被用什麼眼光看待啊？這燄之谷難道把學長種種殘暴的行爲、外加將使者趕出去都歸咎在叛逆期嗎？好好接受現實吧！他是眞的很凶暴沒錯啊！

但認眞來說，其實我們現在全都是健康的叛逆期青少年沒錯。好吧，他們可以再逃避幾年現實，很快就逃避不了了哼哼。

「公會並不如您所想那樣。」夏碎學長有些苦笑，「狼王只是不希望他進入公會涉險，而非對公會有歧見。」

夏碎學長才剛說完，阿法帝斯的面癱臉上出現一絲氣憤，語氣同時變得有些憤慨：「雖然我王也是這麼告訴我們，但我們看著少主性格既不像公主善解人意也不像三王子優雅溫柔，燄之谷一直期盼繼承公主血脈的少主能像他們兩位般美麗溫柔，但是——」

但是長歪了是吧。

不是我要說，就我對學長他爸的認識，你們對他的印象一定是哪裡有誤會。

三王子很溫柔沒錯，但私底下貌似是不優雅的，他的絕招可能是倒掛樹枝三天都不會腦充血。

「如果我沒誤解，燄之谷應該是以驍勇善戰而聞名？」夏碎學長咳了聲，帶著似笑非笑的表情看著不自覺說出眞心話的狼族勇士，「我以爲燄之谷很滿意冰炎的戰鬥力？」

「燄之谷內的戰力已經太強太多了，大戰時與精靈一起生活看見了不同於狼族的面貌，好不容易公主捕獲一個，所以我們族人一直希望如公主與三王子般的……」阿法帝斯突然意識到自己正在大冒險，立刻閉上嘴巴。

不過已經太遲了。

我懂了。

我完全懂了！

而且夏碎學長絕對比我懂更多！

你們這些燄之谷的傢伙是因爲驍勇善戰的魁梧勇士太多看到麻痺，在對鬼族戰爭時看見精靈族超美又氣質優雅，就像個藝術品一樣翩然剁掉別人，所以從那時候起一直肖想和三王子長一樣又有公主血統的學長既溫柔又美麗、還兼出得廳堂下得廚房是不是！那啥帶著靈氣的溫雅美少年……出房門就自打光，回眸時連空氣都有美肌朦朧功能，走動時還要美得像幅畫一樣讓所有人可以圍觀保養眼睛是吧！

我靠！我突然覺得我知道學長之前很憤怒族人來找他回家的問題點在哪裡了！

扣掉他原本就不能自行回去這點，你們這些傢伙的居心根本完全不良啊！

「請兩位忘了這些閒話吧。」阿法帝斯面癱地亡羊補牢。

鬼、才、會、忘。

有沒有人對公會的恨意是建立在他家肖想的走動藝術品長歪還扭三圈的恨意上。

等等！

我猛地看向夏碎學長若有所思的側臉。

……該不會阿法帝斯對夏碎學長很有禮貌，除了他是學長的搭檔外，最大原因是夏碎學長又漂亮又優雅又有氣質吧？

然後阿法帝斯討厭我，是因爲造成他們一家三口不能優雅地回來被欣賞和我祖先有關，還有後來學長遇到的種種事情，以及我一臉路人、連最後那點能看的花瓶優點都沒有。

發現這讓人胃痛的眞相後，我開始有點眼神死了。

❀

接著阿法帝斯再也沒開口。

我深深覺得他是在懺悔沒事多嘴幹嘛，所以看來會安靜很久。不過也有可能是他覺得再多講會繼續被夏碎學長套出點什麼，所以不敢講話。

坐在木造矮椅上，我稍微環顧了下這座小村莊，這裡看來並不全然都是狼族的人，有些路人或攤販明顯是外族，看得出有妖精族或是比較不同的異族打扮。因爲我還沒修學校的風土人文之類的課程，沒辦法很精準判斷是什麼種族，不過狼族總不會長得一副走路草的樣子吧！所以肯定混了不少種族在裡頭。

「燄之谷的歷史非常久遠，還未退隱前就守護附近的許多村落，即使退居時間幕後，還是有許多種族聚落願意追隨。」注意到我在看路過的人，夏碎學長很貼心地順口解釋：「雖不一定是武士，不過這些防禦村會僞裝成一般村落，起到混亂某些想尋找燄之谷的人和誤入旅人的功用。」

「原來是這樣啊……」的確，看起來眞的就是超普通的村子，如果他們有心誠懇地集體騙別人燄之谷在出村莊右轉五百公里，大部分人應該都會上當。

「你可以去走走，我想我們還得等上些許時間。」得到了阿法帝斯的頷首，夏碎學長說道：「這裡也能使用通用貨幣。」

既然夏碎學長都開口了，我當然就不客氣蹦了出去！

「小亭也要去！」原本還安分窩著的黑蛇在聽到可以逛街後忍不住了，突然從夏碎學長手邊冒出來，立刻變回人的模樣抓住她主人的手腕，滿臉渴望。

「要聽褚的話。」夏碎學長微笑地看了我一眼。

「小亭會聽話！」得到首肯，小亭立刻撲過來抓住我的手，「小亭有零用錢，可以自己買吃的。」說著她還秀了下自己的小背包。

如果只是單純要買食物，我想短時間應該不至於被她吃垮，「如果妳真的很聽話不亂吃，我也會請妳吃好吃的。」

聽到有好吃的，小亭果然立刻用力點頭，拉著我快步往茶棚外跑去。

森林裡的村莊雖然不大，但也沒我想的那麼小，被拉著跑兩條街便出現聚集不少攤販的長道，其中有好幾攤賣食物的。入口處直接有一攤標榜進口其他時間軌跡世界的有名蘋果糖……不就長得跟我們這邊的沒兩樣嗎，難道咬了會噴橘子汁？

還眞的自己掏錢出來買的小亭一口氣咬了好幾顆，也沒看見噴出不該噴的東西，就是普通到讓人期待落空的蘋果糖。

這裡的房舍大致上是木板或石板建造，雖然看起來不算精緻，但一整個就是勇壯到能經歷風吹雨打的那種感覺，木料和石料很厚實，隱約還透出淡淡的香氣；每個建築物門上均刻了些符文，可能是這裡特有的守護之類的東西吧。

一排看去，又讓我看見幾間有吊死晴天娃娃，我立刻轉出這條街。

「那裡還有。」小亭主動握住我的手，指向右邊小路。

路很短，大概只有兩、三家商店，不過盡頭的路口可以看見好幾個小孩在那邊玩；我們在商店又買了些零食後，那些小孩便被小亭滿手的糖果餅乾給吸引，好奇且帶點羨慕地盯著我們看。

「請問我可以買一些給他們吃嗎？」爲了避免投食投出人命——當然是我的人命，我很愼重地詢問店老闆。

「可以可以，他們父母不會因爲客人請客就把客人撕成碎片的。」老闆笑呵呵地回答我的問題。

不然是怎樣才會被父母撕成碎片！

我突然不想買了喂！

來不及阻止老闆，對方已主動挑好了幾種糖餅糕點裝成一袋給我，動作迅速得太過熟練，讓我想到餵鯉魚的那種自動機器。

這時候說不買，可能老闆會撲過來把我撕成碎片，只好付了錢，硬著頭皮朝那群小孩走過去。還好小孩沒很多，七、八人左右，種族也都不太一樣，其中一個還有毛茸茸的尾巴，看見我靠過去，他們很本能地聚成一團，其中比較大的兩個孩子站到前面。

「這個請你們吃。」我蹲下來和那兩個孩子齊視線，擠出最友善的笑。

兩個小孩對看了一眼，嘰嘰咕咕地不知道說了一串什麼。

糟糕！語言不通！

「等等喔。」小亭咬住一大塊餅乾，拍拍手上的糖粉，然後往兩個小孩手臂上握了握，上頭立即出現小小的術法。

小孩歪著頭，開口，還是那種異樣語言，但這次我竟然聽懂了——「你想要交換什麼？」

原來小亭還內建翻譯功能嗎！夏碎學長平常到底是怎麼調整的？這麼多功能我也想要一隻了，出門旅遊絕佳方便啊！

「我沒有要交換什麼。」我搖搖頭，覺得不要被他們父母撕成碎片就是天大的幸運了。

「不行，你要交換東西。」小孩再度說道：「否則不符合比例。」

「呃……」比例？

看我什麼也講不出來，幾個小孩迅速閃遠，圍成一圈，又嘰嘰咕咕地討論起來，接著兩個小孩跑回來。

「這個嗎？」從屁股口袋裡掏出迷你吊死娃娃，小孩問道。

「不用了謝謝。」爲什麼迷你版也可以做成如出一轍的凸眼吊死臉，連血點都沒少，做這個的人該不會是被強迫一次要做幾百個吧？做得這麼怨念幹嘛還要逼他。

小孩們又跑回去繼續討論，這次換另外一個大小孩對我開口：「那要我們的寶藏嗎？可以給一個。」

「寶藏？」我抓抓頭，「貝殼或堅果之類的嗎？」

「嗯。」小孩指著附近的小路，那邊接往一道籬笆，好像通到村外，「帶你去挖，有很多種堅果。」

想想也好，我便點頭，把整包糖餅先交給他們。

小亭這時候已把整塊餅乾塞進嘴裡了，然後握住我的手。

把糖餅交給其他小孩，兩個大孩子朝我們招手，「來吧。」

小孩們藏寶藏的地方沒有很遠。

出村子很快便看見不遠處有一棵高大且根系盤結的老樹，嘻嘻哈哈的小孩子邊跑邊笑鬧地到達後，帶我們在那些比我還粗大的樹根中間跳來跳去，接著鑽進其中一個凹陷處，朝裡面挖了一會兒，拉出一個盒子。

「挑喜歡的。」大孩子把有我半張臉大的盒子遞過來。

看著樸素到沒任何特點的木盒，我戰戰兢兢地打開，很怕打開那瞬間有什麼東西會爆炸，不過還好沒發生這種事；打開後盒子裡真的是很多很普通的堅果，還有整顆的松果。

翻了下，裡面有個帶殼的夏威夷果，長得有點像鈴鐺，看著很討喜，「這個好了。」

大孩子衝著我咧開笑，「太好了。」

……這是什麼反應！

「噗嘰。」

聽到怪聲音時我愣了一下，然後才想起來粉紅壁虎還在我身上的這件事。

已擅自爬出來的壁虎沿著我的手臂爬出來，兩顆圓圓的眼睛盯著夏威夷果看。

「這會爆炸嗎？」看著小亭和壁虎，我心存希望地問。

小亭和壁虎都搖頭。很好，不會死人我就安心了。

把盒子塞回去，完成交易的孩子們很有禮貌地向我說完謝謝，便嘻嘻哈哈地跑回去，好像完全不擔心我再去把他們的盒子偷出來。

不過在發現這棵樹上也有吊死娃娃後，我就理解了。

餵了壁虎辣椒粒，我把夏威夷果和壁虎塞回背包裡，牽著小亭要回村莊，小亭卻突然停在原地不動。

「怎麼了？」跟著小亭的視線看過去，我只看到一片黑森森的老林。

小亭沒有搭話，倒是我自己看著看著，突然看出裡面好像有什麼影子，和我差不多高度，但看不清楚形體，就是一道黑影，像是從林子裡窺視我們，接著慢慢消失在樹林中。

那種瞬間的察覺讓我有點發毛，連忙拉著小亭往村子走，幸好小亭這次動了，很快地我們回到剛才走出的籬笆，掛在那邊的吊死娃娃眼睛往我們這方向瞄，下方的布塊晃了晃，沒其他動靜。

因爲有點不安，我牽著小亭走很快，走回剛才充滿攤販的街道上，不斷的小販吆喝和村人走動交談的聲音才把奇怪的感覺沖淡。

一被食物環繞，小亭立刻恢復原本的樣子，馬上跑去攤位再買吃的東西。

看她沒講什麼，這裡的人又都很正常，我才鬆口氣。

正要回頭帶小亭繼續逛，我赫然驚見那隻剛才還點頭說不亂吃的黑蛇小妹妹正在咬人家門板！而且旁邊還有一名老婆婆正在看她啃。

一看見我在看她，小亭立刻鬆開嘴，連忙指向老婆婆，「是她說可以吃的！」

站在旁邊的是個家庭主婦打扮的老婆婆，綁著頭巾和一身樸素的衣裙，看起來還有些福泰親切。

「唉呀，只是覺得這小妹妹的轉化食量很大，所以隨口問問廢棄的門板吃不吃。」好像不覺得吃門板哪裡有問題的老婆婆和藹可親地呵呵笑著：「雖然不用了，但上面有語言守護，對這種轉化生命略有小補。」

我愣了一下，「……妳知道？」竟然看得出小亭是什麼東西嗎？

「能做出這樣的轉化生命，想必製作者很用心吧。」老婆婆拍拍小亭的頭，親切地讓她繼續吃，接著才再度開口：「很少見到如此穩定的孩子，原本竟然還是傷人的詛咒體，真讓我想認識她的主人。」

收回前言，這座村子一點都不普通，根本臥虎藏龍啊！連個和藹奶奶模樣的老婆婆都可以一眼看穿小亭本體！

「製作者在附近嗎？」臥虎藏龍的代表友善問道。

「就在入口那處茶棚。」看她好像沒什麼惡意，又在燄之谷的地盤上，我沒想太多便直接回答。

老婆婆點點頭，彎身把放在旁邊的提籃遞給小亭，招呼了幾句就轉身離開了。

……離開？

「那個老婆婆是攤販還是居民嗎？」總覺得不太對勁，我問旁邊已把門板吃得一乾二淨的小亭。

小亭搖搖頭，「路上遇到的，她突然說要給小亭好吃的東西。」

糟！

就算不是在燄之谷，世界上也沒人出門隨身攜帶門板啊！

被騙了！

「快回夏碎學長那邊！」拉著還在啃籃子的小亭，我眞心覺得自己眞的又捅婁子了。

才剛邁出步伐，我的不祥預感就實現了。

轟然一個巨響，就從村子入口傳來。

第二話　座前武士

慌慌張張地衝到村口，我們正好趕上騷動。

原本一片平坦的地面出現了一個大洞，旁邊站著個長相穿著都超像熊的粗獷巨漢——除了披著大塊獸毛和滿臉鬍子以外，很標準就是一臉山大王的長相，還附帶一種「我要以一殺百」的強悍氣息。

貌似把地面打穿的山大王拍拍手上的灰土，很有興趣地盯著茶棚裡看。

阿法帝斯帶著有些不悅的表情走出來，立即阻止想踏入的山大王，「岡茲，你在幹嘛？」

「沒啊，聽說少主的搭檔來了，不能找他對兩招嗎？大家都知道少主很強，既然是我們燄之谷少主選的搭檔，那應該可以擋住幾招吧。」山大王不懷好意地朝夏碎學長勾勾手指頭，

「來來，不會打花你那張臉。」

看著莫名其妙冒出來的山大王，夏碎學長連眉頭也沒皺一下，就是平常那種不冷不熱的表情。

阿法帝斯依然攔著山大王，冷冷開口：「王下過令，不能動少主身邊的人，即使是混帳的

後人也一樣。」說著，他往我看了眼。

……所謂混帳的後人是指我嗎？

總覺得自己祖先有個混帳外號好像應該要糾正一下。

還有，不要在人家後代的面前理所當然地說出你們內心的稱呼啊！代替祖先懲罰你們喔！

「啊？混帳的後人也有來？」說著，山大王往我這邊看過來。

原來我祖先被你們取的稱號還廣爲流傳嗎？

我面無表情地看著兩個當面直呼妖師混帳的燄之谷族人。

「喂，混帳後人。」山大王不客氣地直接把手指指向我，「來，過一場，順便代表你的混帳族人讓老子打一頓。」

「夠了，別在這裡生事。」見周圍圍觀人群越來越多，雖對我有意見，但阿法帝斯仍是出口制止挑釁，把我推進茶棚後才橫瞪了不太死心的山大王說道：「你不是帶小隊去清除入侵者嗎？」

「所以來報到啊。」山大王聳聳肩，接著抬起左手臂，讓阿法帝斯看見上面一道見肉的血痕，「最近的野小孩囟死了，果然是殺手家族的，小瞧了那丁點大的小屁孩。」

「西瑞呢？」一聽到殺手家族，我連忙追問。

山大王指指小村入口，我立刻繞出去，果然看見遭打暈的五色雞頭被隨便丟在一邊……不知道該不該說這傢伙也有這天，反正還是先檢查一下；他除了頭上有個大包以外，就沒什麼傷——這個山大王的實力恐怕很堅強，竟然一擊就掛了五色雞。

幸好剛剛我沒有開槍偷襲他，否則原本想用黏膠給他個驚喜。

不過五色雞頭居然也在對方身上留傷……以後我眞的要小心一點，五色雞頭實力搞不好和我想的不一樣。

正要把五色雞頭拉起來時，後方突然傳來某種聲音，啪的一聲；立刻回過頭，赫然看見那個山大王往我打來，打壞圍籬的手停在半空中，被夏碎學長的鞭子纏住手腕。

「請不要隨便朝無防備的人動手好嗎。」夏碎學長收回黑鞭，勾起微笑看著山大王，「座前武士岡茲．坦扎姆，您的力量恐怕我們都無法承擔，請別爲難我們了。」

山大王露出沒趣的表情，放下手，聳聳肩。

「壞壞要吃掉喔。」小亭蹦到我前面，恫嚇地露出尖牙。

「岡茲。」阿法帝斯的語氣整個沉下來。

「不就玩玩嗎。」山大王嘖了聲，讓開走到一旁，「看看現在小孩子的實力如何。」

「再怎樣有實力也打不過座前的吧。」思考了下，我邊把五色雞頭扶起來，邊回給對方一句。

「喔？你聽過我的名字啊？」山大王歪著頭，瞇起眼睛。

「沒聽過。」

「……我是狼王座前武士岡茲，很稀少的，被我王認可的座前武士只有五隻。」山大王有點得意地比比自己，「比那邊那個阿法帝斯還要高級很多，他只是比較厲害的菁英武士。」

「欸～好厲害喔！」

「知道厲害了吧，你這混帳後人還滿有眼光的，座前武士可不是人人都能當的，公主出陣時我們也有去幫忙。」山大王拍拍胸脯，很豪爽地說道。

我就知道這類型的人都差不多是這種性格！

看著山大王，不知道爲什麼我一秒覺得他搞不好很好應付，畢竟我手上已有一個用生命槓了一年多的活生生例子，現在對這種類型的人眞是血淚地熟悉啊！

「請您記住，當時您還不是座前武士。」似乎和山大王有什麼過節的阿法帝斯立即反駁，「您得到座前武士的頭銜是在那場戰役後的四百年。」

「總之我現在是。」估計有上千歲的山大王嘿嘿嘿地看著阿法帝斯，用著與年齡完全不符的幼稚口吻開口：「座前決賽時比腕力你輸給我嘛，這也是沒辦法的事，乖乖，我會好好補償你的。」

……座前武士是用比腕力來的嗎？

阿法帝斯惡狠狠地瞪著山大王，氣到不想講話。

「如果幾位討論完畢了，是否可以提供我們一個臨時的休息區呢？」在吵鬧稍微告一段落後，夏碎學長才開口：「我想我們可能須要等這位獸王族的同伴清醒。」

「呿，不過才給一拳……算了，這邊來吧。」山大王直接把我扶著的五色雞頭像米袋一樣甩到自己肩膀上掛著，無視阿法帝斯的狠瞪，另一手搭著我的肩膀強迫性把我按著往前走。

原本在附近看熱鬧的一些村民看見山大王要離開，全都一哄而散了。

※

山大王的目的地並不遠，就在幾分鐘腳程的村莊另一條街道上的小木屋。

木屋與我在街道上看見的其他房舍沒兩樣，同樣是很樸實的外觀，門上有些守護符文，但大門不知爲何少了一片，另外一片……另外一片長得和剛才小亭吃掉的很像。

我有點尷尬地和小亭互看一眼，在小亭想撲上去把另一片門吃掉之前先抓住她。

「唉唉，看來有人先來打過招呼了。」山大王看著缺門的木屋，抓抓亂蓬蓬的頭髮，直接走進屋裡。

拉著還想吃門板的小亭，我現在也不能告訴她這個其實不能吃，還好夏碎學長拍拍小亭的頭，後者就立刻恢復成黑蛇狀態，鑽回夏碎學長身上。

從外面看，木屋沒有很大，不過走進去裡面卻很大，這種事我已經習慣了，反正伯爵那邊擴得更大，一定是連上啥啥空間，你們嚇不倒我的哼哼哼。

和山大王本人一樣，這間木屋一樣是山寨風格，塞了一堆石桌石椅毛皮，根本沒什麼布置，超級機能性。

進門後，山大王把五色雞頭往石床上一丟，五色雞頭被撞一下開始甦醒了。

「西瑞，沒事吧？」因爲只有個大包，我想依照傳說中的生命力，八成沒事。

果然五色雞頭一睜開眼，整個人就像蝦子一樣跳起來，「剛才偷襲本大爺的傢伙出來！」

「老子可沒偷襲你。」山大王直接把我和夏碎學長推到旁邊去，重重一腳踩在床邊，「野小孩，老子是光明正大摜暈你的。來來，不服氣再來打。」

看起來根本沒服氣過的五色雞頭立刻甩出爪子。

「別再打了。」我連忙制止還真的想在這裡打起來的兩個人……等等！爲什麼又是我！

我往夏碎學長那邊看，他回我一個微笑。

「岡茲，你又想破壞幾座村子。」阿法帝斯走過來，冷冷說道：「記得狼王說過什麼。」

……你們這邊打架是用破壞幾座村子來當單位計算的嗎？

不過這樣卡進去，五色雞頭總算注意到我，爪子一收回便跳下床，一把勾住我的脖子，「漾～你眞有種啊，竟然敢丟下本大爺自己出來江湖逍遙啊～」

你哪隻眼睛看到我逍遙！

連忙從五色雞頭的爪子下掙脫出來，我有點眼神死地說道：「因爲一下子來不及……」

五色雞頭再靠過來，露出邪惡的冷笑，「沒關係，本大爺瞭你，現在開始讓我們踏上血洗江湖之路吧！」

血洗你家江湖啊！

我哪來血洗江湖給你瞭！

轉向夏碎學長想求救，對方已走到旁邊不知道在和阿法帝斯講什麼，反而是山大王一臉「你們快說完來幹架」的期待表情。

「對、對了，你怎麼知道我在這裡？」我連忙轉移話題，朝想撲回去幹架的五色雞頭問道，然後假裝要說悄悄話把他扯離山大王遠一點。

「大爺哪有可能不知道僕人在哪。」五色雞頭回我一個「我在問廢話」的表情。

……難道除了人參牌追蹤蛋糕之外，我還有誤吃什麼會被獸王族追蹤的東西嗎？

啊靠！該不會那個歃血爲盟眞的被他歃出問題吧！

「本大爺在綠海灣和沉默森林都有家族情報網，你又沒去那裡。」五色雞頭很理所當然地說道：「用膝蓋想也知道會在哪裡。」

這樣說起來好像也是，看來你的膝蓋比你的腦子好用，你平常多用膝蓋思考不是很好嗎。

「可是你這樣追上來，學校沒關係嗎？」我都會被當掉了，沒道理五色雞頭不會，我就不信他也修滿學級！

「說到這個，漾～你有得罪公會嗎？有批公會的傢伙蓋了十字架說要把你抓回來釘上去。」

「……」

「漾～你蹲下來幹嘛？」

「別理我，我胃痛。」

蓋十字架是怎樣啊啊啊啊啊啊啊啊啊啊——

我眞的開始胃抽搐了！

這個比留級還可怕啊！

現在我到底該不該回學校！

不過幸好沒說要遊街。

「還說釘完要去遊街，然後拉去右商店街當魔女燒掉。」五色雞頭補上這句。

我覺得我還是不要回學校好了。

就在我胃燒痛時，夏碎學長那邊結束對話，朝我們這邊走來。

「阿法帝斯說外面還有一些人，可能也是褚你的同學。」夏碎學長說道：「不過燄之谷的護衛已將他們擋回去，目前應該只有西瑞闖進來。」

「一步而已喔！老子馬上將他打出去了。」山大王立刻開口。

「哼，座前武士。」阿法帝斯很不以爲然地嗤了聲。

他們兩個果然有結梁子啊，我默默看著山大王和阿法帝斯好像會噴火花的對瞪視線。

但是話說回來，我覺得我那些「同學」裡面，一定包括千冬歲，夏碎學長你這樣把責任全都丟到我頭上好嗎。

自己造的孽自己擔啊！

顯然沒打算擔的夏碎學長一派自然地朝我來個微笑。

如果他這些笑容不是建立在才剛把假護衛隊掛在原地之上，我還不會這麼毛骨悚然，他現在一笑，我整個頭皮發麻！

赤裸裸的威脅啊！

那是你弟又不是我弟！自己想辦法解決弟弟啊！

「除了這隻，其他人我們都會趕回去，放心。」山大王豪邁說道：「燄之谷不會隨隨便便讓外人進來！」

抓住想再次衝上去打人的五色雞頭，我想了想千冬歲他們應該是眞的會被「請」回去，而且他們幾乎都有公會身分……啊，該不會就是因爲這樣，所以五色雞頭才沒被強硬攔住吧？確實連喵喵、萊恩都是袍級，燄之谷又擺明不喜歡公會，這是滿有可能的。

「我們不會洩露少主搭檔的行蹤，他們在這裡不會有收穫。」阿法帝斯冷硬地說完，看五色雞頭好像沒事了，便轉開鄙視我的視線，「黑暗同盟可能還會在附近探索，如果這隻兩位要帶著，就一起轉移進谷吧。」

從剛剛開始我就想問……你們對獸王族的計算方式都以「隻」計算嗎？

看五色雞頭好像沒反駁的打算，難道還眞的是這樣算的！

「褚，你決定吧。」似乎也把五色雞頭的責任算在我身上，夏碎學長依舊保持著那個讓我從頭皮麻到腳皮的笑容。

五色雞頭挑起眉，「大爺絕對不會放你自己去玩的。」

看來五色雞頭那邊沒得商量，我只好默默轉回迎視夏碎學長的笑，「那個……西瑞應該不會有麻煩。」

「那麼就這樣吧。」出乎意料，夏碎學長沒說什麼，認同五色雞頭加進來了。

有沒有這麼隨便。

總覺得夏碎學長態度隨便得有點奇怪……要知道他一開始還把我關在房間，後來還用「會被當掉」打算把我嚇回去，結果五色雞頭簡簡單單就跟上來了，好像哪裡不對。

夏碎學長看起來不打算跟我解釋，自動晾在那邊，接著我突然想起來夏碎學長其實身體還沒好，可能剛才在外面打假護衛隊時眞的讓他很累。

「醫之谷有不亞於公會的醫師，等等藥師寺少主能在那邊歇息。」同樣看出夏碎學長臉色有問題，阿法帝斯說道：「我已經傳訊讓人準備好了。」

「謝謝。」夏碎學長很誠懇地向對方道謝。

「順路，老子也和你們一起回去。」山大王說著跑出去外面喊了幾聲不知道什麼的，然後又跑回來，「老子要回去找人算帳。」

阿法帝斯哼了聲，不過還是重新打開火焰紅的陣法。

「喂，有種再和本大爺幹一場，本大爺才不會輸給你這種傢伙！」揉著頭上的包，五色雞頭朝山大王豎了中指。

「好啊，老子最喜歡的就是揍爛你這種野小孩！」山大王也豎了中指回去，還兩根。

認眞說，我不想管他們了。

隨便他們兩個去打到死吧。

阿法帝斯完全張開陣法後，某種細微的尖叫聲打斷我們的動作。

那聲音並不大，但很確實地傳進所有人耳裡，連想要開幹的五色雞頭和山大王都不約而同休兵。

順著聲音，我才發現原來這間屋子角落也有吊死娃娃，才巴掌大，進來時我很擔心五色雞頭所以沒注意到，那個吊死娃娃正發出好像青蛙被掐住脖子的怪異嘶叫聲。

「居然能跑到這裡。」阿法帝斯皺起眉，瞟了山大王一眼。

「這不是老子剛才對付那批。」山大王停頓了下，抓抓頭，「不過沒啥強，給外面的對付就可以了。」

吊死娃娃又怪叫了幾聲，停了。

用這種娃娃當警報器也真是夠了，你們難道沒想過半夜集體叫起來根本是訓練心臟的團體活動嗎？我對燄之谷的審美觀開始有點無言了——還是其實是我的審美觀才有問題！仔細想想，宿舍裡的房間也都被塞了怪異人偶，該不會這個世界真的就是喜歡這種莫名其妙的擺飾吧？

「你要一隻嗎？」山大王突然掏出一隻吊死娃娃。

「不、不用了，謝謝。」雖然可能真的有什麼益處，但那個好像隨時會殺人的外表我接受不了。

「真的不要？」山大王看我拒絕，反而整個靠過來，巨大的影子超有氣勢地完全罩在我身上，「嘖嘖你這樣很不上道喔，混帳的後人。」

還沒想個什麼反駁出來，外頭突然傳來的騷動聲吸引我們的注意力，打鬥聲響從村口方向迅速逼近附近街道，挾著一種怪異氣息擴大開來。

「怎麼被打進來了。」山大王挑起眉，在阿法帝斯的瞪視下轉頭就往缺了扇門的門口走。

原本預備要帶我們離開的阿法帝斯在聲音逐漸轉大時收掉陣法，「你們再等一等。」說著，他也跟著山大王後面走出去。

「漾～走！輸人不輸陣！」根本是有架就想打的五色雞頭完全沒有記取才剛被人打敗的教訓，一把勾住我的脖子就往外跑。

「你自己去啊——！」

「我們要一起踏破浪濤揚名立萬啊！」

踏破你的腦啦！

被拖到門邊，還沒站穩我就看見外面騷動的由來——那是一群已被村民打趴的黑衣人，旁邊還有幾隻被山大王打翻肚的大型穿山甲……應該是，只不過大得很不正常，附近有幾個被挖穿的地洞，看來這些入侵者是從底下挖上來的。

山大王轉著手臂，往阿法帝斯看了下，語帶挑釁地嘲弄說道：「地下的破洞很大啊，看看人家術士這樣就鑽進來了。」

阿法帝斯臉色立刻變得很難看，他剛剛鄙視我都沒這麼難看，真要形容，剛剛鄙視我的時候只像是在看一坨……一個他不想看的東西；不過現在的表情很像是被一坨屎砸在臉上。

「嘖，被搶完了。」五色雞頭很遺憾地看著全數陣亡的敵人，然後放開手。

幸好山大王動作很快！

我無比感謝山大王在五色雞頭拽著我撲上去扭曲人生之前就已勞動完畢。

「還沒完啊兩個小鬼。」山大王頭也不回地丟過來一句，幾乎同時，整條街道上所有掛上的吊死娃娃突然統一發出深夜中聽到絕對會以爲自己要被拖去陰間的超毛怪叫聲。

瞬間，老頭公的結界馬上爆出來包裹住整間屋子。

下一秒，那些翻肚的穿山甲毫無預警炸開，不過圍繞在四周不管是山大王或是村民，每個人都已啓動防護壁，穿山甲炸出來的東西一點也沒有傷害到人，只是濺出來的液體肉塊把地面腐蝕出一個坑一個坑。深入土地裡的坑很快長出像是筍子一樣的植物，黑綠色尖尖的頂端伸出了長毛的細小爪子。

山大王一腳直接把筍子和爪子踩回洞裡，「這招老子看太多了，你們閒著的把這裡挖一挖，通通丟回去他們老家。」

村民立刻全跑回家。

接下來的時間裡，我就看見那些村民拿出各式各樣可以挖竹筍的東西，還有人拿鏟子；一鏟下去竹筍便發出尖叫，叫得比吊死娃娃還慘，爪子馬上縮回去，筍子也想縮回去，但直接被捅出來丟到竹簍裡蓋上封印。

被挖出來的筍子外表看起來就是黑綠色筍子，但底部有兩條很像魚尾巴的東西，合理猜想大概是爪子本體的一部分吧，魚尾巴暴露在空氣裡還抖個不停，不過也縮不回去了。

「這些是鑽土魚。」夏碎學長從屋裡走過來，人很好地爲我解釋：「上面的誘餌脫出後很快會成長開始襲擊周圍生命，就像剛才炸裂的那些生物。誘走人們後，裡面的本體會鑽進更深的土裡紮根，快速建立收集系統，過一段時間就能掌握住整座村子的所有情報，依照術士程度高低，還能藉此由內破壞村莊的防禦。」

我看著顫抖的竹筍隨著尖叫聲被一根根挖出來，眞心覺得這年頭想當個收集情報的也不容易了。

阿法帝斯盯著腳邊的竹筍，臉色超凶狠地往那根竹筍踩了一腳，竹筍發出很淒厲的嚎叫，就這樣整個爛掉了。

確認眞的不再有其他入侵者，山大王與阿法帝斯陰冷的表情不同，滿臉心爽愉悅地走回來，「看看，之前來個公會詢問，入侵者就變這麼多，麻煩啊麻煩。」

你的臉看起來一點都不麻煩啊老兄。

站在原地的阿法帝斯朝一名村民講了幾句話，又交給對方一個小盒子後，才走回來，「走吧。」

「這次眞的沒了吧。」山大王挑起眉。

阿法帝斯直接往山大王屁股踹下去。

※

重新開啓陣法後，阿法帝斯並沒有立刻轉進最終目的地。

進入燚之谷前，我們還轉移到好幾座不同村子，看起來有點像是跳點，山大王在旁邊說因爲帶外人，一定要這樣轉，讓外人身上的什麼東西消散變淡，不然他們平常都直接殺回家的。

他講那個東西時用的是我完全聽不懂的語言，所以我眞的不知道他在講什麼會變淡。

隨著經過一座座村子，周圍溫度越來越高，熱到我都把外套脫掉了。

最後，我們在一個全部都是黑色岩石的地方停下來。

「到了。」阿法帝斯收起陣法，指引我們看向不遠處的黑色巨大石刻拱門。

有一瞬間我眞的被那個可能和一○一大樓高度有得拚的超巨型拱門給震撼到。

我們所在之處其實離那道拱門有點遠，但可以很清楚看見左右浮雕的雙狼，栩栩如生、踏著火雲站立在那邊的兩匹巨狼威風凜凜地俯瞰著拱門下的一切，那兩雙帶著肅殺魄力的眼睛給人很大的壓力，光這樣看就覺得好像闖進去會被撕碎……因爲有學院守衛的前例，我還眞怕這兩匹雕刻狼會眞的衝出來，太可怕了。

而且，我總覺得那兩匹雕像狼說不定眞的是活的，它們的視線似乎直射入我心裡，讓我有幾秒的迷惑。

爲何來此？

於此何求？

敵？

友？

……

………

奇異的低語呢喃幽幽傳來，話語模糊朦朧卻又能聽得清楚，讓我瞬間腦袋一片混亂。

我甩甩頭，再看過去時，那兩匹雕像還在原地，怪異感已經不見了。

拱門延伸進去，可以看見有很多同樣巨大壯闊的石刻建築，看著竟有種這是古文明的感覺，像是瑪雅、吳哥窟之類的，還有一些我看不太出來的奇怪風格，總之這裡似乎是以全石建築為主，而且年代超級悠久。

轉過身，往與大拱門相對的後方看去，則是遠處的一條狹長石道，兩旁聳立的岩壁蜿蜒出去、看不見底。看來如果不是像我們一樣轉移進來，進燄之谷的唯一通道應該就只有那邊。

擦一下汗，我才注意到我們腳踩的黑石鋪道隱約有些金紅色紋路，不是很明顯，但可以從那些紋路上感覺到熱度……這裡應該不會突然火山爆發吧我說。

「燄之谷是建立在純火元素區域之上，所以第一次來會不習慣。」夏碎學長說著往我肩膀拍拍，我突然覺得涼快不少，「你再讓老頭公配合這裡的結界調整保護。」

其實老頭公一直有在調整，不過每經一座村子，就有怪怪的力量打亂老頭公的調整，所以我才會整個熱到不行……看來山大王之前說的很有可能就是這個。

阿法帝斯又丟來一個鄙視的眼神，然後帶頭往拱門方向走。

「老子就不跟你們郊遊了，先走一步！」沒啥耐心的山大王直接把我們丟著，人瞬間消失。

「你們都是第一次來，要通過大門做記錄。」阿法帝斯沒好氣地收回視線，解釋：「陌生人擅自衝進去，會觸動警報，無條件格殺，我們殺入侵者的效率很高。」

別追加後面那句喂，聽起來很凶殘啊！

差不多快走到拱門附近時，老頭公已重新幫我把保護調整好了，周圍溫度變得和學院一樣，這下我才鬆了口氣。

拱門內外均有駐守士兵，全都穿戴同樣的黑底紅紋輕甲，看起來超魁梧勇壯，和山大王一樣，一個個都有巨石強森般的筋肉……還真的和精靈是兩種對比。

相較之下，領路的阿法帝斯還比較瘦弱點，不過也比我們稍大隻就是。

抱著不管到哪裡都要觀光一下的心態，我偷點時間欣賞拱門裡那些複雜的雕刻，某種巨響突然從附近傳來，把我嚇了一大跳，不過周圍士兵動也不動，好像沒聽到似的。

「又來了，你們自己小心不要被踏到。」阿法帝斯好像一點都不意外，淡淡丟來一句。

……踏到？

還在思考這兩個讓我有點想轉身逃跑的字代表啥意思，又一個聲響傳來，這次離我們很近，砰的一大聲，一大團東西直接飛過來，重重撞在拱門邊上。

夏碎學長和五色雞頭同時擋在我身前。

噴起的塵土灰粉落定後，我看見幾乎有間教室那麼大的黑狼從拱門邊搖搖晃晃地站起，甩甩身上的落石，憤怒地咧出牙旋過身，對上在石雕建築街道邊、另一隻差不多大小的灰狼。

眨眼間，兩隻狼撲在一起，咆哮撕咬打成一團，吼叫聲震耳欲聾，黑狼再度被甩出去，撞上旁邊的建築物，巨石建築被撞了一下但沒怎樣，只掉很多灰土下來，整個耐撞到不行。

黑狼再度跳起，繼續與灰狼纏鬥，兩隻就這樣越打越遠，那陣砰砰砰撞來撞去的聲音和飛濺出來的血珠也離我們遠去。

整個過程中，我看見街道上其實有其他人，但好像都把那兩隻狼當幻影，根本沒人驚訝也沒人尖叫逃跑，很自然地閃過糾纏的狼，很自然地繼續串門子買東西聊八卦……這是常態嗎？

這個是常態嗎！

「嗯……我記得『他』說過，燄之谷很好戰呢。」臉色完全不改的夏碎學長笑笑地註解，他微笑的背景是那兩隻狼又滾回來撞在拱門上，把地面震了一下，然後又滾往另外一邊。

……到底都是什麼亂七八糟的種族。

抓住興致勃勃想衝出去跟著打的五色雞頭，我已經完全眼神死了。

說真的，我很難想像學長他老爸被老婆這樣咬著打的畫面。

「我先帶兩位一隻去招待所，等藥師寺少主稍作歇息調整，再帶你們去少主的住所，那裡有留下一點他們上次來時的痕跡。狼王正在閉關，無法接待，請見諒。」確定兩隻狼不會再滾回來，阿法帝斯才帶我們離開拱門，走進同樣由黑石地磚鋪成的街道，兩側是古文明風格般的建築，各種豪邁壯觀。

我看這邊的居民穿著打扮都比較東方古代感，與精靈西方的服飾迥異，還滿有趣的，難怪當初狼族看到精靈會有文化衝擊。

街道上不時能看見比較小的狼在奔跑嬉鬧，雖然體型看起來正常很多，不過我覺得凶殘程度應該不會減，就閃那些狼遠點。走一走還看見有各種大小的狼趴在建築陽台或屋頂上打哈欠睡覺，這裡維持人形的居民似乎不多，都是以狼形爲主。

「可惜『他』沒有這種型態。」見我四處張望，放慢腳步的夏碎學長笑笑地說：「雖然繼承狼族血脈，不過身體的基底似乎還是以精靈爲主，他沒有這樣子的原形。」

學長要有這種原形還得了！我眞的會被他撕爛啊！

「這點也令我們族人感到惋惜，但我們仍然很期盼少主歸來。」阿法帝斯淡淡開口：「如果少主能更加溫……」

瞬間他再度閉上嘴巴，八成是想到眞心話大冒險。

夏碎學長偷偷朝我聳了下肩……原來你還眞的在套人家話啊！這什麼可怕的壞習慣！

等等，該不會你以前主動和我們說話時就是在套話嗎？

我驚悚地開始回憶起到底以前都是怎麼和夏碎學長交談的，還有夏碎學長教我符咒時常常會和我聊幾句，應該都沒陰謀吧！

這次沒上當的阿法帝斯閉緊嘴，加快腳步。

整座城鎮沿著山谷地形建造，所以高度是有的，花了好一番工夫，我都走到有點喘了，才在一座同樣很巨大的黑石建築前停下。這座看起來也是超級古文明風格，黑石外牆有各種雕刻，一樣以狼為主，看起來好像是什麼敘事篇章之類的，可以看見狼群攻擊另外一群樣子怪怪的東西。

「飛鷹谷戰役，那時大量妖魔入侵盟族，燄之谷出陣協助殲滅，打了二十六天。」阿法帝斯頭也沒回，好像後腦有長眼睛知道我在看什麼，冷淡地丟來幾句：「公主的第一場戰役，當時她還比你小。」

的確在狼群前看見一隻比較嬌小的狼，我有點汗顏。

附近還有幾篇類似的雕刻故事，都是那隻嬌小的狼帶頭，看來這片牆應該雕了很多公主的事蹟，從這裡可以看出來燄之谷很愛戴他們的公主，即使已過了千年，這些雕刻和記錄還是保持得很好。

阿法帝斯站在那邊，有瞬間我覺得他看雕刻的眼神變得很溫柔，還帶著些許尊敬，但是立刻又恢復原本那種冷冷的視線。

「這裡就是替你們準備的招待所，在燄之谷期間，你們可以自行使用，有需要請吩咐族人就行。」指著黑石建築，阿法帝斯說道：「醫師待會兒會過來。」

跟著阿法帝斯踏進巨大建築，我繼續左右張望，裡面仍是各種石雕壁畫，該有的布置家具一應俱全，每個出入口都有人形守衛和侍者打扮的人，看起來個個都是肌肉美，隨便一拳都可以把我打爆頭。

根據他們把我祖先取那個綽號的心態，在這裡我可能眞的要超級小心自身安全，不然被拖出去打不是受傷可以了事，是眞的會下去報到！

擺明對裡面比較沒興趣的五色雞頭盯著那些守衛，好像很想找那些肌肉男打一架。

一邊拉著五色雞頭一邊和他說要打就要打大的，勉強把人勸服後，我們在阿法帝斯帶領下經過偌大廳院，最後走到後方的房間。

阿法帝斯給我們三間連在一起的超級大房間後，就說他先去處理事情，然後離開了。

「你們兩位也先休息一下吧，接下來還有很多事情得做。」夏碎學長微笑了下，就先進房休息。

我被五色雞頭扯進房間，果然裡面也是大得不行，房內還有可以當游泳池的浴池，大大的庭院裡難得有點植物——進燄之谷之後能看見的植物變得很少，可能是因爲火區的關係，雖然有看見一些，不過都長得怪怪的，好像是耐熱植物，也有一些被種在房屋上面，巨大的根和各式各樣的樹體盤繞黑石建築，看起來更像神祕的古代建築。

這房間庭院裡的植物看起來就正常很多，可能是有用什麼術法維持，設計成有點豪邁但是還是很賞心悅目的熱帶雨林風格。

看見猴子在樹上跳的時候，雖然很不厚道，但是我很擔心那些猴子搞不好是儲備糧食，避免客人肚子餓才放在這裡。

「漾~等等我們出去打大的！」

五色雞頭把環境看過一輪之後，興致勃勃地又跑回來。

「……想打多大？」想想，應該可以把這傢伙丟給山大王處理，從山大王只揍他一拳來看，應該不會打死。

「狼王不是在閉關嗎。」五色雞頭豎起拇指。

想死不要拖我下水啊渾蛋！

第三話　熟悉的狼神

最後五色雞頭並沒有去偷襲狼王。

因爲很快就有人送來食物，大盤大盤的肉，從烤肉串到說不出名稱的肉料理，讓五色雞頭一秒放棄打大隻的，直接衝去啃肉。

正想著稍微休息一下，我就聽到庭院那邊傳來窸窸窣窣的聲響，然後原本在那邊跳的猴子已消失到完全看不見蹤影，視線跟著往上看，看見庭院圍牆上趴著好幾隻狼……爲什麼我覺得一點都不意外呢，難道我已經有心理準備會在大本營被扁嗎！

那些狼被發現了也不覺得哪裡有問題，竟然就掛在那裡發出各種奇怪聲音，好像交談了起來。

……突然覺得被關在柵欄裡的猴子心情大概就像我現在這樣。

「滾！」正在咬肉的五色雞頭看到一堆圍觀的傢伙，很不客氣地直接跳出庭院，「不然來一個宰一個！」

我完全來不及去阻止這句和挑釁差不多的話，那些狼一聽到，突然跳下了一、兩隻，豎起一身毛發出低低的恫嚇聲，好像很想知道五色雞頭要怎麼宰他們。

如果獸王族都是這種德行，以後我絕對要繞開獸王族！

看來長歪的根本是尼羅啊！伯爵到底去哪裡找到如此溫馴的獸王族管家！

就在我有點逃避現實的同時，兩隻狼一前一後朝五色雞頭撲去，後者瞬間甩出獸爪，身影快速閃了下，眨眼出現在第一匹狼的後面，順勢拽住狼的後頸，然後重重摔到他後續衝上來的同伴身上。

兩隻狼帶著一直線的嚎叫聲撞在庭院另一端的椰子樹上。

「殺手家族果然很厲害。」

隨著陌生聲音傳來，圍牆上再度跳下一隻黑狼，轉身站起化成男孩人形，年紀看起來居然和我們差不多。男孩甩出雙刀，轉眼出現在五色雞頭面前揮出攻擊。

這個男孩撐得比較久，不過很快也被五色雞頭擂倒在地。

接著陸續跳下不同的狼撲上來襲擊。

看著看著，我默默轉身去拿烤肉旁爲數不多的水果，決定當一個優良圍觀民眾，順便把粉紅壁虎放出來吃吃辣椒。

來挑戰的狼也算有良心，沒有用他們擅長的群起圍攻，大多是單挑或是兩隻一組和五色雞頭對打，大部分很快就被打敗。

「看來西瑞學弟很入境隨俗呢。」

「咳咳咳——」

被旁邊突然出現的聲音嚇了一大跳，我連忙把卡在喉嚨的水果吞下去，轉頭看見夏碎學長不曉得啥時候出現的，笑笑地盯著庭院那些被堆高的挑戰狼看。

「雖然都只是孩子在打鬧，不過繼續打下去會把武士引來，我們沒有太多時間。」夏碎學長視線轉向我。

……又要我去卡中間嗎。

決定這次不找死，我直接朝庭院大喊：「西瑞！我們要出去了，你慢慢打！」

「渾蛋！這些給本大爺剔牙縫都不夠！」一秒摔開身邊的狼，五色雞頭立刻往我們跑來，「要去宰大的嗎！」

「先去冰炎在這裡的住所，然後狼神想見我們。」無視五色雞頭的發問，看起來比較有精神了的夏碎學長說道：「我們不會在燄之谷停留太久，如果你們有其他事情，請盡快。」

「沒事！快走吧！」搶在五色雞頭開口之前打斷他，我連忙往房外衝。

走到大廳，看見阿法帝斯已在那邊等我們。

「少主的住所比較偏遠，已經聯繫好移動術法。」阿法帝斯等人齊了才開口解釋，「少主不能離都城太近。」

我有點疑惑地看向夏碎學長。

「體質的關係。」夏碎學長看出我的疑問臉，很好心地開口：「燄之谷越中心火元素越集中強大，雖然對燄之谷的狼族很好，但會和冰牙精靈的那一半相衝。」

也是，學長這種天生半冷半熱的，難怪他老家會幫他把住所另外布置。不過反過來說，學長在冰牙族可能一樣得住在別的地方。

簡單解釋的同時，阿法帝斯已張開新的陣法，這次的看起來比較不一樣，看來在這個地方跳點必須使用相應的術法，不能自己隨便亂轉。

「我們對於獵殺擅自闖各處的入侵者也很有效率。」阿法帝斯丟過來一句。

……給我好好用你的陣法，幹嘛偷看我的臉！

「到處跑就能打大的嗎。」五色雞頭嘿嘿嘿了。

「那你留在這裡打，再見。」我語氣平板地看著又想開創人生路的傢伙。

五色雞頭立刻撲到我背後，還用單手勾住我的脖子，「漾，本大爺怎麼覺得你好像很想自己跑掉，你是不是藏了更大的！」

「一切都是你的錯覺。」

「本大爺的錯覺就是對覺！」

你又是哪裡學來這些話拗我啊！

就在五色雞頭嚷著他對覺比我錯覺好的時候，周遭景色再度變換成另外一種。

仍然是黑石地面，不過溫度似乎低了不少，而且還能聽見溪流水聲，附近的綠色植物也多很多，在層層植物包繞下，隱約可以看見被圍繞在裡面、一樣很大一座的黑石建築。

「你們可以檢查少主遺留在這邊的氣息，但是……」阿法帝斯瞇起眼睛，直接瞪向我，「不准動我們替少主布置的物品！」

針對我幹嘛！我看起來像是會拆學長房子的人嗎！

……不對，有機會還眞的有點想。

而且爲什麼要特別聲明不能動他們的布置？

※

五分鐘後，我知道那個聲明是怎麼回事了。

進入學長在燄之谷的住所後，不是我要說，如果我不認識學長，還眞的會想這個人是怎樣──整間屋子從大廳到房間都塞滿各種莫名優雅的東西啊！

不知道狼族是怎麼收集來的，總之踏進大廳開始，就看到大廳掛了很多輕飄飄、可能是精靈族的掛飾，牆上也裝飾著各種清淨氣息的水晶與藝術壁畫，與外面的黑石地面相反，這裡面全是某種白色的玉石，鋪滿地面到牆壁、天花板，踏著感到有點舒服，估計很有力量，內部的雕刻細緻許多，和我們住的招待所差異相當大。

但是那些輕飄飄的東西眞的太多了……到處都是，多得有點不太對勁，幾乎每一、兩步就有，還有叮叮噹噹的小風鈴，光是一座大廳大小物件加起來可能有上百種，看得眼睛都疲乏了；這種布置一直延續到房間，房裡還更多，不但隨風飄逸的床罩紗簾陣仗俱全，還有幾片精美優雅的精緻屏風，連空氣中都飄浮著幾件小玩物。

……你們是眞的打算把學長養成自帶小花背景的美少年是吧？

想著學校宿舍裡學長那貧瘠的房間，和這個優雅到一直發聖光的住所，我很誠懇地覺得學長打死不回家搞不好眞的不是因爲什麼成年約定。

「這是我們全體狼族爲了少主精心布置的。」阿法帝斯看起來有些得意，「每個人在等待少主歸來這些年都盡力尋找適合少主的物品，還有很多在庫房，隨時可以更換。」

花近千年精心挑選這超級優雅的裝潢、裝飾，到底是想整學長還是執念太深啊？依照我對學長的認識，他如果眞的歸來住這地方，可能會放把火把東西全部燒光。

打從進來這邊後，夏碎學長完全沒開口，連阿法帝斯向他介紹那些物件有多適合學長時，他也只是淡淡微笑，這讓我默默在心裡想著他到底是和我一樣眼神死到說不出話，還是忍笑忍到肚子痛不想說話。

「都是啥鳥毛東西！」五色雞頭嘖了聲，彈開飄到他肩膀邊的小羽毛，對這種優雅×N倍的布置很不以爲然。

摸著良心說，我還眞想看看學長在這邊生活的樣子。不知道對妖師的力量許願有沒有用，好想看看學長住在這裡是什麼樣子啊啊啊！

過了半晌，夏碎學長才咳兩聲，對阿法帝斯開口：「請給我們一點時間調查。對了，請問客房在哪邊？我想一起調查我們其他同伴的遺留痕跡。」

阿法帝斯大致說了位置，便退出去了。

確認阿法帝斯已經離開，夏碎學長才轉向我們，「我們從客房開始調查吧，『他』住在客房。」

我就知道學長肯定不睡這裡。

看著內間有點透明飄逸的柔軟大床，我快速跟上夏碎學長的腳步，大概被一屋子鳥毛東西弄得很無力的五色雞頭居然沒講什麼，很快跑上來搭著我的肩膀，然後壓低聲音開口——

「晚上我們來放火。」

想燒人家房間的五色雞頭直接對我豎拇指，我一秒拍掉他的手。

客房果然清幽樸素許多。

少掉那一堆飄來飄去的，客房顯得很正常，與我們住的招待所布置差不多，頂多多了些比較優雅的小裝飾。

夏碎學長等我關好門後，才抽出一張符紙。

盯著飄起來的符，其實我還是覺得有點怪，本來我以爲夏碎學長來燄之谷是想要和狼族商量看看怎麼找學長，不過目前似乎不太像，而且學長應該不可能提前知道他們會失蹤吧！爲什麼突然就變成進行調查了？

「公會有搭檔的小組都有習慣，落單時在特殊定點留下只有夥伴能追蹤的記號。」夏碎學長看了我一眼，微笑著說：「預防不測，畢竟袍級任務有時很危險。」

難怪夏碎學長會直奔燄之谷。

我揉揉臉，繼續努力保持面癱。

「漾～你臉抽筋嗎。」五色雞頭爪子伸過來拉我的臉頰。

「並沒有。」而且你是想把我的臉皮扯掉嗎！好痛啊！

就在我把臉皮搶回來揉之際，夏碎學長顯然也已得到回應，紙符發光了一會兒，客房床頭左上角也慢慢綻出個相應的亮光，小小的，沒注意看不會發現。

夏碎學長走過去收掉那點光，稍微看了下便把東西掐熄，「這邊留下的記號確實是他們決定折返回綠海灣，因爲那邊出了點事情……看來果然在燄之谷就已決定回返。」

「那就和大爺收到的情報一樣。」五色雞頭懶洋洋說道：「沒說爲啥嗎？」

「這裡的記錄是未知，但與古代之事有關。」夏碎學長淡淡回答。不過接下來五色雞頭不管怎麼問，夏碎學長都沒再和我們解釋是與什麼「事」有關。

五色雞頭在那邊威脅半天也沒撬開夏碎學長的嘴，有點不爽地咕噥幾句大爺不想打傷患，就跑開了。

過了一會兒，夏碎學長走過來，「這樣就可以了，還得去見狼神，走吧。」

是說狼神到底……？

剛才因爲他講得好像是要去看什麼隔壁的大叔，一下帶過，現在我才猛然驚覺那個名詞有

「神」字輩，可能還比狼王大啊！

夏碎學長大概是看我整個人愣住，就笑笑地說：「褚，不用緊張，你算認識他。」

「欸？」認識？

……該不會又是什麼白蟻球魚化身之類的吧。

最近才看過的神聖獨角獸長成那副德性，我對在這世界能認識的東西已經不抱持太大的希望了。

夏碎學長打開房門，阿法帝斯很快出現在我們面前，不過這次他旁邊還有另一人，是之前把我們丟下的山大王。

「混帳後人，你要參加吧！」山大王一開口就丟過來莫名其妙的話。

「什麼？」我呆呆地回兩個字。

「雖然你是混帳後人，不過燄之谷還是有禮貌的，晚上有歡迎會，大家熱鬧熱鬧，參加的吧？」山大王搓搓長滿鬍碴的下巴，露出讓我覺得很不妙的表情。

「不參加。」感覺好像是會把我五馬分屍的晚會啊！

「混帳小子，你應該知道燄之谷的規矩吧。」

認真說我還真不知道。

山大王根本沒打算等我開口，馬上自己搶話接下去，「我族盡心盡力準備，不去，就留一條手臂下來！」

你們到底是正常種族還是強盜種族啊！

「想動本大爺的僕人先經過本大爺！」五色雞頭馬上露出標準幹架姿勢。

「老子剛剛才經過你。」早先把五色雞頭輾掉過的山大王嘿嘿嘿地笑。

「有種再來！本大爺才不會再輸給你！」五色雞頭馬上爆了。

「老子才不在少主住所和你打，掛在走廊的還是老子精心挑的東西。」山大王嘖嘖了兩聲，再度轉向我：「小子，參加還是留一條手？」

我有點進退兩難地轉向夏碎學長，沒想到他只笑笑地站在旁邊……別看笑話啊喂！

「不講話就默認，老子等你。」

「等——」

山大王瞬間消失了。

我再度感覺到胃燒灼，原來自己有個爛胃啊……

「放心，頂多死而已，不會怎樣。」阿法帝斯冷冷丟來一句。

……這不就是最糟糕的狀況嗎兄臺！我也只有一條命可以死啊！

「夏碎學長也會去嗎？」抖抖地看著大概唯一能救命的夏碎學長，我抱著希望問。

「會去，畢竟燄之谷費心安排，作為藥師寺家族的人不能失禮。」夏碎學長回給我微笑。

這樣我就安心多了！

夏碎學長在場應該不會旁觀我被抽腸子才對！

大概不會……

「走吧。」

阿法帝斯再度打開新陣法。

※

出現在我們面前的景色，又與前兩次轉移不同。

這次是一座非常巨大的深谷，四周全是發著點點紅光的黑岩，溫度比起燄之谷都城更高，老頭公立即幫我調節溫度，所以只短短瞬間感覺到溫差。

「我只能在這裡等。」阿法帝斯原地停下，為我們指了深谷中唯一的路，「三位請。」

順著谷道前進，深入後，兩旁岩壁上逐漸出現一些鑲嵌的狼骨，大部分都是頭骨，比正常的狼要大很多，有的比我的房間還要大，一路看去，越看越像是什麼恐龍骨頭。

每副鑲嵌頭骨邊都有一些敘事雕刻，粗略看上去，很多都是記載戰爭的敘事，表明了這裡的狼族在歷史長流中進行過的無數戰役，似乎很多都打贏了，但不少也非常慘烈。在我面前的這幅就是這樣，活下來的狼隻寥寥可數，大多數的狼與敵人已混在一起成爲屍體。下一幅畫面則是弔祭這場戰役的畫面，看起來邊上的頭骨就是這場戰爭中陣亡的代表，可能是有名的武士或貴族、王族。

從雕刻回過神時，我才發現另外兩人竟然不見了，難怪沒聽到五色雞頭的各種騷擾……等等，他們居然就這樣跑了！

有點傻掉地看著掛滿骨頭的深谷道路，長長路徑上還眞的完全看不到其他人的蹤影，因爲沒想到夏碎學長會放我鴿子，我一時不知該怎麼反應。不過想想，夏碎學長應該不是會把我丟著自生自滅的人，可能這裡眞的沒啥危險，他們見我在看東西，就先自己往前走吧？

這樣一想，我稍微安心了，雖然仍有點想看那些雕刻，不過還是加快腳步往前跑，想說先與五色雞頭他們會合比較好，不然依我的衰運，這些骨頭突然噴出來作怪都有可能。

不過很快地我發現不對勁了。

就算我再怎樣發呆外加張著眼睛睡，五色雞頭和夏碎學長應該不可能走這麼遠啊！除非他們兩個突然想要賽跑，直接給我衝出去八千公尺！

猛地停下腳步，我赫然發現旁邊的頭骨很眼熟，接著驚悚發現敘事雕刻就是剛剛才看過的那一幅，而且這次下面站著衛兵……不只一個，沿著道路看去，每個頭骨底下都站著衛兵，盔甲還不太一樣，只有黑底紅花紋這個特徵比較相似。

突然出現的衛兵把我嚇了一大跳。

好不容易鎮定下來，才想到該不會其實我還是有往內跑，只是這裡的雕刻有重複吧？依照我看過的各種種族無聊程度，這也很有可能！

「那個……請問……」看著差不多有我兩倍高大雄壯的衛兵，我提起勇氣發問：「你有看見其他人經過嗎？」

衛兵不鳥我。

本來想要再問一次，不過我一抬頭才發現衛兵根本連視線都沒放在我身上，不只這個，其他衛兵也完全無視我，好像我是空氣一樣，每個人都筆直地看著正前方，眼神雖然看起來很銳利，但完全不知道他們在看什麼。

這種氣氛讓我瞬間整個人雞皮疙瘩都爆炸了。

「漾～你在發啥呆？」

「哇啊啊啊啊啊啊————！」

一隻手突然拍到我肩膀上，我差點被嚇得靈魂噴出去，猛然回頭，就看到五色雞頭挑眉看我，夏碎學長則站在寬闊走道另一邊，原本應該也是在看雕刻，現在則回過頭注視我們這邊。

那瞬間，所有衛兵都不見了，我還站在原地，面前還是同一幅雕刻。

……如果不是遇到鬼，根據經驗判斷就是幻影或幻象了，你們嚇不倒我的，好歹我之前亂竄亂叫的經驗也算豐富。

所以我深呼吸、深呼吸，重新回頭看五色雞頭。

「你在幹嘛？」五色雞頭收回手，瞇眼看我。

「沒事，我覺得這裡的雕刻都好特別啊。」特別到看一看會開始起幻覺呢！

「這裡的雕刻，大部分都是記錄狼神參與過的大小戰役。」夏碎學長揹著手踱過來，「初代狼神在上古洪荒時代開拓，出陣過上千、可能近萬場的戰爭，也對抗過許多黑色種族和異族……抱歉，當時六界的區隔不太明顯，並不是特別指哪些種族。」

我搖搖頭，表示不在意。我知道夏碎學長說的不是妖師一族，所以沒什麼特別想法。

「這就是狼神。」指著雕刻上一隻好像不太起眼的黑狼，夏碎學長帶我們去看其他敘事，果然也有同一隻黑狼，有幾幅黑狼邊上還堆積小山高被打敗的對手，「另外也有記述狼神的一些親兵，其中有些人在『那場戰役』結束並存活後，隨著時間，陸續被推舉為燄之谷的王或是長老，直到他們前往安息之地，現在的狼王就是當時親兵的後代。」

仔細看著狼神身邊環繞的幾匹狼，有些有裝飾一些圖紋，所以眞的可以辨認出總是有一批相似的狼群跟在狼神身邊。

「狼神的事蹟太多了，雖然有些可惜，不過我們還是繼續前往狼神殿吧。」夏碎學長微笑地提醒我們狼神本人還在等我們。

其實我還想再看一下敘事，因為可能以後很難有第二次機會來這裡……可惜。

沿著谷道繼續向前。

最後，在深谷盡頭出現的是一座神廟，順著岩壁深挖雕建而成，站在外面便可以直接看見內部深處供奉的是一組狼骨。雖然神廟比狼族外的拱門小很多，但肅殺壓迫的氛圍居然比大門還強，彷彿那組骨頭仍活生生似的，絲毫不容許有人挑戰其威嚴。

與城都建築不同，這裡沒有任何守衛，只偶爾從黑岩中迸發出絲絲火焰，如果沒有老頭公的保護，搞不好我已經燒烤全熟了。

「和我家那邊差眞多。」五色雞頭扠著手，大刺刺地打量神廟。

因爲還頂著骨頭散發的威嚴壓力，我根本不想接五色雞頭的話。

「這是狼族億萬年前初代的王者之一，一直守護著燄之谷未曾離去。」夏碎學長低低地告訴我：「狼神現今的地位，在六界中相當高，連三董事都敬祂很多分。」

看來不是我們這種世界種族的層次，我摸摸脖子，已經出冷汗了。

不過從剛才開始我就一直在思考，我到底是何時認識這種地位的人了？除了白色球魚外，我應該沒有再碰過什麼會讓人神經斷裂的東西吧？

難道是賣雞蛋糕的？

就在我思考著那從小吃到大的雞蛋糕攤到底有哪裡不對勁時，周圍空氣突然壓迫了過來，強悍的冷肅感從神廟內開始擴張出來，把黑岩上那些細細的紅色火焰全部壓熄。

接著，一層淡淡身影從空氣中浮現出來。

形象慢慢清晰之後，我看清楚那是個很巨大的人體，幾乎與神廟一樣高大，穿著某種黑色古代袍服，而在頸部以上是黑色的狼頭顱，紫金色眼睛瞬也不瞬地正盯著我們三人，於是那種壓力感更強了。

「狼神。」

夏碎學長緩緩朝還有點透明的巨大狼人行了禮，我連忙抓住五色雞頭跟著行禮，幸好五色雞頭這次沒白目嚷著要打大的，而且比我還懂行禮的流程，規規矩矩地行了很紮實的禮儀。

高高在上地盯著我們一會兒，狼神什麼都沒表示，只是壓力一直下來……別說要壓半個小時，沒扁才要繼續講……

現在不只脖子，我覺得全身都冷汗了。

「請用平日和吾家對應的方式即可。」

熟悉的聲音傳來，我愣了一下，才發現瞳狼不知什麼時候冒出來，就飄浮在我們面前。

我已經很久沒看到瞳狼了，之前還有點擔心，沒想到竟然會在這邊遇到……等等……我看著瞳狼紫金色的眼睛，然後再看向狼神紫金色的眼睛。

「瞳狼是狼神散化出去的精神體之一。」夏碎學長拍拍我的肩膀，「因爲已不存於現世，所以只能使用精神體活動。」

「……」

還、還眞的是認識的。

看著瞳狼，我一時說不出話來。

「吾家爲十二化體之一，替狼族看顧約定之子。化體以瞳力形成，故名『瞳狼』。」還是老人般的成熟腔調，瞳狼好心地告訴我：「除了狼王與部分知情人士外，狼族並不知這件事，請三位離開之後，不可大肆宣揚。」

否則你們殺人的效率很高是吧，我懂！

難怪我一直覺得瞳狼怪怪，這本體太驚恐……我居然還拿著狼神牌手機用了這麼久啊啊啊啊啊啊！

轉向沒收我手機的夏碎學長，我在想好像應該要把狼神牌手機供奉回去，雖然我不知道爲什麼學長一開始會寄給我……

學長知道瞳狼是狼神嗎？

「他知道。」夏碎學長勾起淡淡微笑，「當然精靈族也有人前往看顧他。」

精靈族就不用猜了，先前那人才親口說過。

不過這樣說起來，我明白爲什麼夏碎學長先前會對瞳狼那麼有禮貌了。

瞳狼出現後，狼神的壓力明顯急速減低，讓我可以比較自然地說話活動，不用像剛才一樣頂著好像隨時會有幾百把刀子落下來的恐怖感。

「先前因諸事變動，吾家必須先回返一趟，故許久未見。」瞳狼再度說了句。

等等，這麼說起來，我們學校的人知道瞳狼是狼神嗎？

感覺之前千冬歲他們面對瞳狼時態度很輕鬆，看起來不一定知道。

估計瞳狼和賽塔一樣，在學校有各自的定位，並沒有緊緊盯在學長身邊，而是各司其職作爲輔助，然後在學長需要時協助，例如當時的失衡。

……

「……那爲什麼有種族歧視？」

這瞬間，我突然想起學長以前在學校失衡時，賽塔和瞳狼出手協助，然後那時候輔長說了「拋開種族歧視」這樣的話。

但進入燄之谷後看到的狼族根本不像歧視精靈啊！反而是流口水垂涎！

「狼神與白精靈都是遠古時代的存在，當時的環境和我們現在不同。」夏碎學長輕聲爲我解釋：「以剽悍力量立足歷史的狼族是獸王族甦醒後數一數二的大族之一，擁有的地位都是在血戰中廝殺得來；你也看過狼族的模樣，其實大部分狼族不太喜歡『輕飄飄的物體』，如此延續下來。」

夏碎學長說得含蓄，不過簡單說就是狼族是肌肉和武力至上。

八成又是燄之谷後來看見三王子表現出不同於肌肉的優雅霸悍，才會讓燄之谷開始流口水！只是這個流口水應該只限於燄之谷，被燄之谷排擠在外的公會人士才會一直以爲燄之谷和其他的狼族一樣不喜歡「輕飄飄」。

說眞的，如果不是親眼看到，我也會這樣以爲，親眼看到之後只想戳瞎自己。

反正最後可能都會被學長滅口，還不如先戳瞎換一條命……

「另外一個原因……」

夏碎學長停下話語，然後微笑了下，「想知道，到時你再問問『他』吧。」

雖然我想知道，但是我覺得那個答案可能得用命換。

人生還是不要知道太多好了。

「吾家請三位來，是有正事找你們。」

看我們這邊差不多講完了，瞳狼才再度開口：「在離開燄之谷前，希望你們做件事。」

「請儘管吩咐。」夏碎學長依舊很恭敬地回應。

是說，既然狼神本體已經在這邊，爲什麼還特地讓瞳狼出現講話呢？

我偷偷瞄了一眼巨大的本體，連忙收回視線，那個壓迫感還是在。

「吾家並不想震破你們的耳膜。」瞳狼淡淡的視線瞥過來，說：「吾家本體只可動於六界之外，六界內容易造成傷損，這只是虛影。」

……現在是我的臉又出賣我的想法嗎？

我覺得我剛剛想得很複雜，應該不是臉可以表現出來的吧？

「這個空間爲吾家力量所架構，吾家自然能通曉在此處所有存在者的想法。」瞳狼理所當然地俯看著我，「還有，吾家生前不賣雞蛋糕。」

你們這些竊聽鬼。

看著我的臉，瞳狼繼續開口：「吾家已脫離衝動的年紀，不會因爲任何不敬想法去獵殺小輩，你可以放心想。」

……大神您還很衝動的年紀就會因爲雞蛋糕跑來殺人嗎？

「會。」瞳狼竟然回答了，還很認眞！

「……」眞想請夏碎學長把我打昏在原地算了。

「吾家對於戰力過弱的對手也無興趣。」轉過頭，瞳狼往五色雞頭那邊丟一句。

這傢伙竟然還在想要打大的嗎！

不過看來五色雞頭也很明白他們的力量差距，罕見地沒講什麼更白目的話。

「那麼，想讓我們做什麼事呢？」居然還可以把話題扳回去的夏碎學長面色不改地詢問。

「吾家感覺到燄之谷中有不安定的存在，希望你們這些外來者協助，將那個存在逼出，盡量不影響到居民。」瞳狼非常乾脆地說：「燄之谷已退出歷史，吾家不希望燄之谷因爲舊事再起風波，能處理就快處理。」

「有確定目標嗎？」

「有。」

瞳狼抬起袖子，轉出個火光小點傳遞給夏碎學長，「回到燄之谷，就會帶領你們去找尋。」

是說既然都已經有目標了，爲什麼您不自己去找啊？

我看著瞳狼，狼神都有十二個化體了，沒道理他不能自己去吧？之前他在學校裡就常常到處幫人家做雜事啊。

「吾家，懶。」

瞳狼給了我一個令人想打神的答案。

不想回答就不要回答，給別人爆青筋的回答並沒有比較好！

「所以不必多問。」瞳狼將視線轉回夏碎學長，「逼出即可，吾家還指望那人帶路。」

「明白了。」夏碎學長勾起微笑。

「那麼你們兩位可以離開。」瞳狼轉過來看著我，「吾家還有事與妖師一族的後人聊聊。」

我立刻看向夏碎學長這根救命稻草。

「放心，如果狼族有心奪取性命，你應該已經不在很久了。」夏碎學長笑著說出好可怕的事情。

「吾家已經脫離衝動的年紀，你可以安心地留下。」

看著瞳狼，我努力安慰自己，畢竟瞳狼在我身邊那麼久了，如果真想殺，我老早就死了。

「你就沒想過吾家可能只是在考慮怎樣下手可以折磨比較久嗎？」

……別補上這句啊！故意的嗎！

「是啊。」

瞳狼完全不否認。

我開始在想，學長還眞的是得到不少燄之谷的遺傳。

第四話　入境隨俗

夏碎學長和五色雞頭離開後，神廟前變得有些寂靜。

左看右看，我眞的有點發毛。

而且不知道是不是我的錯覺，總覺得瞳狼在這裡的態度和以前在學校時有點差異，說話也比較不客氣。

「化體雖爲吾家部分，但既已分出，不同化體皆已逐漸具備自己的意識，現在與你交談的瞳狼亦同。化體也只在回返時暫時交由吾家本體使用。」

所以狼神有十二個精神分裂就是？

「吾家已經脫離衝動的年紀……」

對不起，請當作剛剛的沒聽見。

「請入內吧。」瞳狼轉過身，剛才端坐在後方的巨大狼神漸漸淡去，讓出了通往神廟的階梯，「吾家想確認些事情，你在這段時間內，幫吾家擦一下裡面的骨頭。」

「……」

我默默走進去，看著被供奉在神廟內超級巨大的狼骨，該說是保存得好美的骨頭嗎？從頭到尾帥得無可挑剔啊！

「這不全然是吾家的骨頭。」

本來正在從旁邊的櫃子裡抽不知道是不是抹布的高級布塊，瞳狼話一吐出來，我差點被櫃子夾到。

「不是拜你的廟嗎！」我驚恐地喊完，才發現自己忘記把禮貌放進去了。

「是啊，但是只有這個部分是吾家的。」瞳狼比了頭骨的下巴和尾巴尖端的部分。

……認眞的嗎？

「吾家在更久遠的遠古歷史軌跡崩毀之戰時，將己身塞進裂縫中與失控力量對撞，巨力炸裂本體後幾乎全毀。」用著完全不驚險的語氣，瞳狼淡淡說道：「當時還有隨行的親兵，同樣碎體。戰爭過後，狼族前來回收殘骸，但力量混融無法分辨，只能盡力重組。」

「呃……這個重組也太隨便。」你們眞應該去把負責重組的人拖出來暴打一頓。

「連同吾家在內，當時一共二十一隻，目前神廟底部還有二十一體庫存，狼王每隔一段時間就會換一隻上來接受供奉，倒沒什麼問題。吾家不太看重此事，便任由他們去了省得麻煩。」瞳狼指指我們所站的正下方。

該說重組的人也算神了嗎，這樣還可以全部組回來……等等！底部還有二十一體？

我覺得我現在眼前應該也是一體沒錯啊！

我靠！這是怎麼組的！怎麼會組成二十二副骨頭啊！

「這確實是個謎。」瞳狼點點頭。

你們眞的應該要把重組的人吊起來打個兩百年！敬業一點啊錟之谷！好歹也去了解一下多出來的腦袋是怎麼來的好嗎！

總覺得發現這些傳奇種族的眞面目後，不只眼神會死，心中那點期待也死得很透了呢……

帶著眼死全身死的心，我默默抽出那塊高級布，默默走去放置在旁邊的水盆，默默開始擦重組肉……重組骨頭。

「對了，方才的事是錟之谷機密。」

我懂，你們獵殺效率很高，我死都不會告訴別人的。

瞳狼滿意地飄到一邊端正坐下了。

在我開始擦狼骨的下巴時，後方瞳狼才傳來聲音。

「你應當知道自己觸碰過古代大術，會有相應的影響吧。」

「嗯，知道。」離開學院後，我就一直覺得身體有種悶悶的感覺，在右商店街的山王莊和錟之谷外吃喝了食物後那種感覺好一點了，但仍然存在。

雖然摩利爾建議過我不要離開學校，但我總隱約覺得繼續待下去也不會好，不過說不出來爲什麼。

而且，我更想搞清楚學長他們到底怎麼了。

「那你也應當知道那個影響可能會危害錟之谷的少主吧。」

「不，這個完全不知道。」

我立刻回頭反駁了。

我回頭那瞬間，其實沒有心理準備會看見不一樣的東西。

應該說，不一樣的「瞳狼」。

原先應該是個端坐的孩子，但現在出現在我面前的，居然是個二、三十歲左右的青年，依然是紫金色的眼睛，有著長大版瞳狼的臉，長長的頭髮沒有紮綁，順著身體鋪散在神廟地板，帶著淡淡肅殺氣息的臉孔靜靜地看著我。

「這是本座另一個化體，你依舊可以沿用瞳狼的名字稱呼。雖然是妖師一族，但你的程度還不足承擔本座的實名。」青年開口後聲音也與瞳狼不同了，聲音很沉穩，帶著一點點囂張的氣焰。

幹嘛要換人？

「瞳狼化體先前在外受損，還在修補中，本座會先讓出是因爲你們對他熟悉，讓你們可安心點。」成人版瞳狼冷哼了聲。

受損？

我應該沒做過什麼會讓瞳狼受損的事吧？

不過瞳狼的確突然不見了一段時間，可能在那期間還發生了什麼我不知道的事。

看著眼前的加大升級版，我整個腦袋問號。

大概沒打算告訴我原因的瞳狼2.0再度開口，已繞回剛才的話題，「那你應該知道燄之谷的少主爲何會在這個時代吧。」

「嗯……我知道燄之谷和冰牙族付出極大代價，讓學長來到這裡。」繼續擦著骨頭，我想起之前遭遇到的種種。

「因此交換了相當多的條件與契約。」瞳狼2.0順著我的話繼續說下去：「雖然小輩們如何選擇是他們自己的事，但本座生前作爲狼族一員，也不會眼睜睜看著他們胡來。既然已經送到今代，自然就是你們好好活下去。」

「我們？」不是只有學長嗎？

「你的身上，不是也繼承了當年那個人的一部分嗎。」瞳狼2.0抬起袖，覆蓋在下面的手指直指我胸口。

那瞬間，我身體裡那種悶悶的感覺跳了一下，整個人不自覺往後退一步。

「本座只想告訴你，待時機到來時，這次換你們選擇。」瞳狼2.0收回手，冷淡地說：「燄之谷與冰牙族做過選擇，付出了相應的代價。」

所以所謂的時機？

「竊天機不會有好下場，要現在聽嗎？」瞳狼2.0瞥了我一眼。

……我等時機成熟好了。

「不過其他的事還是能做的。」瞳狼2.0說著，從寬袖裡掏出個東西丟給我，「這是本座的一部分，暫時能克制侵蝕，你就趁這機會先把該做的事情做完吧。」

接住飛過來的東西，我發現是團黑色毛毛的小球，看起來很像某種手機吊飾。

毛？一部分？

「這個部分的毛。」瞳狼2.0指指骨頭尖端的尾巴。

那還眞是謝謝您把如此珍貴的毛拿給我，之後我會請學長還回來的。

「也好，本座除了骨頭之外，應該就剩那撮毛了。」

聽起來好像有點慘，但是爲什麼我的心完全慘不起來呢，說好的惻隱之心去了哪裡？

「那就沒事了，你把骨頭擦完就可以離開，本座先回去處理事務了。」

還要把骨頭擦完嗎！

我看著其實不小的骨架，愣了一下，才剛要抗議，就發現瞳狼2.0消失得連個影子都不剩！

把我自己一個人丟在這座開始出現詭異氣氛的神廟裡……雖然知道不會鬧鬼，但這種氣氛還是很可怕啊啊啊啊啊！

※

最後我花了兩個多小時才徹底把骨架擦過一輪。

好不容易擦完，整個人全身痠痛地離開神廟，又悲苦地自己走完通往神廟的路，才看見遠遠等在入口處的阿法帝斯——應該高興還有人等我嗎，剛剛還在想如果都沒人就死定了，幸好！

顯然根本不想待在這裡的阿法帝斯白了我一眼，沒說什麼就打開陣法。

很快地，我們回到燄之谷城市裡，阿法帝斯直接把我丟在招待所便急速閃人，因為可以感受到附近各種不太友善的視線，我也只能快點縮回招待所內，以免落單被扁。

還好一進去就看見五色雞頭坐在大廳裡超級不客氣地咬著大塊肉，然後他下面的「椅子」是一堆大大小小被揍得亂七八糟的狼，看來他回來後還接受過新一輪挑戰。

「漾，沒事吧！」直接把手上的肉吞下去，五色雞頭跳起來，「大爺本來想去拆了那座神廟！四眼田雞他哥一直講啥沒事，等得有夠久！」

「啊，沒事沒事，瞳狼只是交代一點事給我。」還好他沒去拆神廟，不然對上瞳狼2.0應該會被打成醬，青年版本的可能眞的會脫離不了衝動年紀出手。

「不是交代完了嗎？夏碎剛剛找到那個人，偷偷趕跑了。」

「這麼快？」

五色雞頭告訴我其實他們一回到燄之谷，瞳狼給的指引馬上就帶他們找到一隻藏在很偏僻石窟裡的老狼，那隻狼一看見是狼神的光點，立刻逃走了，根本沒什麼阻礙。

「那夏碎學長呢？」既然馬上趕跑，看來他們兩個應該早早就回來了。

「去窩房間了。」五色雞頭比比裡面，「大爺本來還想出去逛，一堆自不量力的妖道角來找本大爺幹架。」

看著那些被打趴當家具的妖道狼，我默默再轉回視線。

不知道該不該說五色雞頭的實力還是滿堅強的，雖然不像山大王他們那種強度，但以我這個年紀來看已經不是人……失禮了，本來就不是人。

「漾，我們出去玩！」五色雞頭跳過來搭著我的肩膀。

「你知道在這裡我會被扁嗎。」雖然難得到這種地方好像要觀光一下，但那些狼族完全不掩飾要揍我的居心啊！

「安啦，來一個大爺扁一個！」

總是有你扁不了的喂，誰知道謎之谷裡面塞了多少像山大王一樣的傢伙。

見過狼神後，我已經不抱持任何企盼了啊！

「走啦走啦，來到京畿重地，不出去打兩場就不是江湖人！」五色雞頭直接把我往外拉。

京畿重地也不是給你們江湖人廝殺的！

「大爺剛剛聽說他們城中心是一座超大的競技場，每天都開打！不去可惜！」

我還以爲謎之谷全城都是競技場。剛進大門時那兩隻狼就打得很平常啊～

也不等我猶豫，五色雞頭直接把我拖了出去。算了，這樣也好，如果眞的有人跑來扁我，還可以把五色雞頭丟出去誘敵，然後我快點逃走！

正在想要怎樣確保逃生路線，才剛一踏出招待所，我就看見大老遠有兩隻狼打在一起，和城門口那場一樣，在街道上撕咬衝撞。不是我要講，這裡的黑石建築眞的超耐撞的，整個谿之谷活像彈珠台啊！噴出去的狼珠子在裡面匡匡匡撞個沒完，居然還沒把大大小小的建築物撞倒，頂多毀損一點邊角，不知道怎麼蓋可以蓋出如此堅強的抗撞能力。

那兩顆狼彈珠就這樣飛越屋頂而過，消失在遠方。

……是不是獸王族眞的都這種德行？

看著旁邊有點興奮想轉化型態的五色雞頭，我突然覺得很不妙，超級不妙。

「漾！讓我們——」

「有人！」

打斷五色雞頭可能要我和他一起去死的話，感覺到老頭公的警示，我直接甩出米納斯，往我們右後方開了一槍，同時五色雞頭也甩出爪子格擋在左前方。

兩個？

「漾~擋好。」懶洋洋地丟來一句話，五色雞頭往前衝出幾步，用力頂開撞到我們這邊的黑影。

仔細一看，是一隻超級毛茸茸的棕色大狼，帶著不懷好意的視線緊盯著我們。

「果然有大的來了，另外那隻就便宜給你啦。」五色雞頭舔舔上唇，整張臉熱血了起來。

「兩隻都給你啊！」我連忙朝剛才被我黏住後腳卡在有點距離外的灰狼多補兩槍黏膠，那隻大灰狼連著膠把地磚一起拔起來，正往我這邊移動！吃了兩槍又黏住，但下面的地磚一樣再次被拔起。

啊啊啊啊啊啊啊啊！我忘記考慮學長也可能把地磚拔起來成爲另一種凶器揍我的可能性啊！

「你不打過不了關啦！」

丟下一句莫名其妙的話，五色雞頭直接衝出去，還和同樣撲過來的大狼撞在一起滾得很遠。

……過不了關？

什麼過不了關喂！

猛一回神，我才驚覺四周建築物上或站或坐已出現很多狼隻，滿滿的圍觀一大圈，接著老頭公的警告同時傳來，四隻腳都已黏死在地磚上還心不死踏著膠和磚撲上來的狼，幾乎就貼在我面前露出獠牙。

「等、等等！」

那瞬間我都不知道我是怎麼用狗吃屎的打滾方式躲過牙齒，然後馬上大喊：「大欺小不公平！」

灰狼愣了一下。

「你打比你小好幾倍的對手你好意思嗎！」我連忙從地上跳起，「你總不能比混帳更混帳吧！」

大概是眞的不想比混帳更混帳，灰狼一個轉身，取而代之站在那裡的是一名肌肉發達的盔甲青年。他很快地把手腳上沾黏的地磚敲碎，然後揮出讓我覺得更不妙的長刀，語氣冰冷地說：「混帳的後人，如你所願，燄之谷不大欺小。」

某方面來說，老兄你還是大欺小啊！

看著比我腦袋還要大的二頭肌，我覺得對手是個人也沒好到哪裡去。

立刻讓米納斯和老頭公布下雙重結界擋下對方揮過來的刀子，重重的力道直接把防禦壁敲裂一道痕跡……我靠！來眞的！看也知道我是超級弱雞，這個燄之谷竟然還給我下殺手！

後面乒乒乓乓打遠的聲音讓我完全不奢望五色雞頭會來救人了，一邊看著米納斯他們盡力抽我精神力去修復防禦壁再擋第二刀，我一邊往背包摸。

出門時，尼羅給了很多符紙和水晶，雖然還沒來得及搞清楚到底有多少種類，不過在防禦壁被敲開一個大洞後我也管不了那麼多，隨便抽了一張就甩出去。

可能是知道我的能力很差，尼羅預存的符咒在沒有任何啓動咒下，一飛出去居然就自己發動了。

眨眼間，層層疊疊的藍紫色陣形在我頭頂上的天空擴張開來，伴隨著有點氣勢的轟隆隆聲響，雷光直接打在已經砍破防禦壁的肌肉男腳前，迫使他停下腳步。

所以說，這個怎麼用啊？

「我能配合雷陣。」

米納斯淡淡的聲音傳來，適時解除我愣掉的狀態。

既然她說可以，我連忙往旁邊開了兩槍，大量水霧從周圍旋繞瀰漫散開，上方的雷符應和水氣的傳導，很快四周出現了一層雷電水網，劈里啪啦地看得我覺得很驚悚，但前面的肌肉男好像完全不覺得有什麼威脅，一臉看我好戲的樣子。

……可以的話快點把對方幹掉吧！

回應了我的想法，米納斯的水氣和雷咒整個擴展開，跳動的雷電朝四面八方飛濺出去，有

些站得比較近的圍觀狼隻已打開防禦，肌肉男也不得不弄出個結界。

「動手。」

隨著我的指令，米納斯掀動混合在空氣中的水霧，好幾道雷電像是箭矢般瞬間衝破肌肉男的結界……這可惡的肌肉男，結界居然做得很隨便！完全看不起我啊！

「就這樣了嗎？」還眞的完全沒什麼影響，肌肉男被電了幾下還不痛不癢的樣子，直接露出嘲諷臉，「那換我。」

說時遲那時快，肌肉男的臉眨眼出現在我面前，然後刀子揮過來——

抱住頭，我用被學長長期巴頭踹尾訓練出來的閃躲技快速蹲下，接著再往旁邊滾開。

肌肉男同時反應過來，轉身就要再給我第二刀時才發現他腳下出問題了。

哼哼哼哼～～～我開兩槍才不是都開水彈。

「最新黏膠！」雖然黏不住你們這些暴力渾蛋，但讓你大意拖幾秒夠了。我抬起手，往那個肌肉嘲諷臉多開兩槍，這次噴出來的是我另一個大招——無敵王水泡！

幾百顆王水圍繞在嘲諷肌肉男身邊，雙腳被黏死死的肌肉男發現水泡不對勁時，刀已被腐蝕了一角。

「米納斯！動手！」

抱著頭逃出戰場，老頭公設下隔離結界的同時，整片天空閃亮得超級刺眼，接著尼羅那個恐怖的雷陣轟隆一個巨響，好像什麼大爆炸的聲音；整個陣法縮成一個小點，拔抽出一道光，瞬間打在肌肉男身上，然後眞的大爆炸了——

錯估距離，我被爆炸的暴風給炸飛，直接撞在某棟建築物的牆壁上。

……

………

糟糕，應該不會打死人吧？

我的擔心很快就消失了。

爆炸過後，肌肉男站得筆直的身影居然還在原地，以他爲中心的街道被炸出一個大坑，旁邊的黑石建築物也稍微被波及些許，似乎沒怎麼開防禦結界的肌肉男只有右邊肩膀被打焦，整個人外加那張嘲諷笑臉沒太多影響。

……燄之谷的人怎麼會這麼耐打！

王水加雷擊都打不死是什麼道理！

這個拿來殺我我都可以死八輩子了啊！裁判！這種對手不公平！

現在還不如拔腿逃逸算了。

眞的打算馬上逃走時，後面傳來一些聲響，和五色雞頭鬥毆的棕色大狼從上方飛來，穩穩落地時已變成山大王了，還拍拍手臂，上面又是一條傷口，在同樣的地方。

我往後看，看見被打得亂七八糟的五色雞頭趴在街口，已經有人過去把他拖過來了。

「勉勉強強。」山大王一手拍在肌肉男肩膀上，不到幾秒便把焦傷治好了，「混帳的後人，你不是普通弱啊。」

「……我沒逃走算不錯了好嗎。」我滿心只想轉頭往後逃啊你們這些渾蛋！

「老子在外圍時就覺得你很弱，才隨便叫個鄰居來過手，沒想到你連老子的鄰居都打不過。」山大王用一種鄙視眼看我。

就算是你鄰居還是戰鬥系啊！

還有強調鄰居是怎樣！

「老子的鄰居只是個種花的，不太會打。」山大王補上這句。

我沉默地看著肌肉男，他一反剛才的嘲諷臉，現在竟然露出園丁般忠厚老實的微笑，一臉就是剛剪完花過來……這是什麼僞裝！

等等！難道剛才的防禦結界你不是隨便弄一個，是眞的沒布好嗎？

沒布好你站在攻擊中心被雷劈還劈不死！還不如不要告訴我你是種花的啊啊啊啊啊啊——

我還以為這些日子以來多少被火星人同化了，現在才知道我就是一隻住在地球的青蛙，看到正牌的火星人才知道他們真的全都不是人啊啊！有錯覺自己哪裡和火星人有點像是我的錯！我真的是地球人啊！

感受著心靈創傷的滋味，我複雜地看著肌肉種花男，對方開始散發出鄰家大哥和藹可親的氛圍，估計我還可以跳到他身上飛高高。

「喂！混帳的後人很弱，你們要圍毆他時用打蚊子的力氣就可以了，小孩也不用擔心。」拍著他鄰居的肩膀，山大王朝圍觀狼群喊道。

那些狼群馬上發出各式各樣不知道是在吐槽還是吐口水的聲音。

……學長，燄之谷這麼渾蛋你知道嗎。

眼神死地想著等我未來變強後一定要來燄之谷開幾槍的同時，被隨便丟在旁邊的五色雞頭發出幾個聲音，終於清醒過來。

因為轉頭，這才驚見夏碎學長不知哪時候出來的，靠在招待所大門邊的柱子含笑看著我們……你有時間看我們兩個被揍，你好意思不出手勸架？

「藥師寺家的少主，要不要也來一場！」山大王把興趣轉移到夏碎學長身上。

「雖然很期待與座前武士交手，但是目前身體還不太方便，希望未來能有機會一戰。」夏碎學長笑笑地回答。

「好！等你傷好再來打！」山大王很爽快地放棄比鬥。

「那麼我兩位學弟是否能在燄之谷自由行走了呢？」維持著不變的笑容，夏碎學長問道。

瞥了眼爬起身的五色雞頭，山大王嘿嘿兩聲：「這隻可以，隨時歡迎。」接著轉向我：「混帳的後人勉勉強強。」

啊不就眞感謝你的勉強。

「感謝燄之谷的放行。」夏碎學長將手掌放在胸前，做了個非常正式的行禮。

山大王也回了個類似行禮，然後直起身，「時間差不多了，你們要直接去歡迎會現場嗎！老子可以順路帶你們！」

這時候大概是看戰鬥完畢了沒好戲，周圍狼群逐漸散開，只剩幾隻幼狼朝我和五色雞頭的方向蹦跳過來，好奇地在我們腳邊嗅來嗅去。

「我們的服裝都還不太正式，等等自己過去就可以了。」夏碎學長回答。

「囉哩叭唆，那老子就會場等了！」

說完，山大王很直爽地搭著他家鄰居走人。

等到山大王他們確實離開後，夏碎學長才朝我們招招手，「西瑞、褚，換個衣服吧，雖然狼王在閉關，但是晚會狼后仍然會出席。」

……狼后？

因爲有了山大王和狼神的表現在前，現在我對狼后感到很害怕。

「你們在燄之谷通過試驗，以後要到這裡來就能直接傳送到外環村轉移進入，不用再像之前利用跳點了。」夏碎學長和我們一起返回招待所，然後解釋：「因爲『他』的關係，所以燄之谷不佔用我們的時間，放寬很多，一般想進燄之谷，通常都得自外面一路打進來，不能拒絕所有挑戰者，得花好幾天，甚至得花上大半月。」

「打進來？」我有點愣。

夏碎學長點點頭，「是的，如西瑞先前的方法。正確地說，西瑞進來的方式比較正確禮貌，如果無法一路戰勝對手，浴血闖關，燄之谷會認爲來者太過失禮，通常是不予以承認進入。」

這不叫禮貌，這絕對不叫禮貌，這是殺人啊！

難怪夏碎學長之前會說五色雞頭入境隨俗，看來我應該感謝學長，就算學長不在，他還是一張金光閃閃的保命符啊！不知道有幾次獲得學長之名的庇祐了！

遠方的學長，希望你在遠之靈可以繼續保佑我們！

我打死都不想浴血闖關！更別說絕對都是浴我自己的一路死過來。

「大爺下次一定幹掉那個傢伙。」甩甩頭，不是很甘心的五色雞頭罵了句。

夏碎學長有意無意看了我一眼，笑道：「燄之谷不會隨意刁難訪客，通常會派出與對手相當程度的戰士，雖然岡茲的程度不符合這個慣例，但接連兩次出手，可見他很看好西瑞。」

雖然夏碎學長說得很委婉，但是我的心被戳得好痛啊，看來我的實力連戰士都不用，園丁就夠讓我死好幾次了。

「好了，快點去準備吧。」

※

傍晚，我們到達了所謂的晚會場地——城中心那座超級大的競技場。

我應該要慶幸一下還好不是火山口嗎？

出發之前我超怕我們最後會到達火山口，這些狼族絕對會做這種事！幸好最後只是一座很像羅馬競技場那種普通的大型黑石競技場……這些年到底是怎麼了，我看到這種好像沾滿血液的場所竟然會如此心平氣和，哪怕他們正從上頭拖走一隻被打趴還留著鼻血的狼，我也覺得心情如此平靜。

平靜得就算競技場周圍坐滿成千上萬隻大大小小的狼或大大小小的人，我都可以無視了。

……

……快回來啊我逃避的心！

抱著頭，我打死不想面對歡迎會是在競技場的這個事實啊！

爲什麼歡迎會會在競技場！

你們招待客人可不可以用正常一點的辦法啊！

就在我各種糾結的同時，黑蛇從夏碎學長袖子裡鑽出來，然後跳到地面轉出小亭的樣子，眼睛發亮地看著我們旁邊桌上擺滿的各種點心。

我們被帶到的是競技場裡的特別座，與其他觀眾的位子不同，這裡是個隔間小包廂，剛剛一路過來時其他特別座也都有人或狼了，八成不是貴族就是王族，總之包廂滿大的，進來時座位都已鋪好墊子，桌上放滿各式烤肉、點心和茶水，茶有點像外環村的涼茶，聞起來有藥草香，不過味道更好聞。

「吃吧。」夏碎學長摸摸小亭的頭，小亭立刻跑去和五色雞頭搶食物了。

這時場上又開始下一輪撲咬，剛才的狼被拖出去後，很快出現其他對戰組，而且似乎都是直接從觀眾席上跳出來的，很隨意，不像正式比鬥，比較像開場前的隨興挑戰。

場內的狼打了一會兒後，突然嚎叫了起來，幾聲幾聲的，場外突然應和，音量逐漸變大，迴繞在整座競技場中，聽著還有種節奏。

抓著烤肉吃的小亭趴在圍欄邊，跟著一聲一聲地叫。

「……這是什麼意思？」我看著夏碎學長，求解。

夏碎學長勾起微笑，拍拍小亭的頭，「唱給褚聽聽。」

「喲！」小亭蹦過來，還眞的將那些有拍子的叫聲直接翻譯成中文：

今天要咬死你、明天要咬死你、後天也要咬死你，

你向我挑戰，我就盡全力咬死你。

今天要把你撕成碎片、明天要把你撕成碎片、後天也要把你撕成碎片，

你向我挑戰，我就盡全力把你撕碎。

尊敬的勇士、榮譽的勇士，
拿出眞本事、用盡眞本事，
勇敢地流血、爽快地流血。
我們不會軟弱、我們不會求饒，
讓鮮血與火焰同樣炙熱，
讓靈魂與火焰同樣燃燒。
我崇拜你、我詠讚你。
咬死咬死咬死——

後面重複了很多咬死和小亭吼吼吼的叫聲，我默默拍拍小妹妹的頭感謝她的翻譯，然後打從心底覺得這惔之谷眞不是和平人士可以安心睡覺的地方。

吼叫聲持續了一小段時間才停下來，場內又開始鬥毆。

沒多久，阿法帝斯和山大王出現了，後者一臉興奮地直接搭住我和五色雞頭的肩膀，「等等看你們的表現哈，老子剛才可是手下留情沒打殘你們，今天如果你們打不過三場，老子就讓別人打殘你們！」

打不過三場早殘了還需要別人打嗎。

「可以不要打嗎？」我面無表情問著臂肌比我腦袋還大的山大王。

「混帳的後人，你自己說要參加的，現在不下場，老子就把你撕成三十塊。」山大王收緊他的臂肌。

連忙從一堆肌肉中掙扎出來，我覺得自己眞的沒救了，別說看起來就是馬上會跳下去參加的五色雞頭，坐在旁邊的夏碎學長根本不打算制止，優雅地喝著侍者端上來的茶水，好像他活在另外一個次元……到底爲什麼我要從學校偷跑出來呢！眞的開始想念之前的隊伍了，摔倒王子雖然常常鄙視我，但是像這種有危險的時候，他肯定會先衝出去當盾牌被揍扁的！

就在我內心各種悲哀糾結時，巨大競技場一戰結束後，清空了場上，中心在夜晚的星空下點燃了早已堆疊好的大型營火，大概有十幾樓那麼高的木塔一點便熊熊燃燒起來，氣勢磅礴，感覺誤入一步就會直接被火葬。

營火一燃起，圍繞在競技場周邊數不清的狼再度發出各種咆哮聲，整個燄之谷似乎都快因這些震地狼嚎甦醒，伴隨著久久不止的嘯聲，地面的黑石平磚逐漸出現各式各樣火紅的紋路，隨之而來的是溫度升高……別告訴我競技場就蓋在火山口上！

腳下的黑石地不知道是因爲狼族咆哮而震動，還是火山要爆發在震動，眞的讓人超級不安的啊！

幸好直到狼嚎停止前都沒出現什麼火山爆發的殺人景象，我才稍微放鬆。

狼嚎過後，黑石競技場上出現了許多穿著燄之谷印記盔甲的戰士，還有穿著盔甲、威風凜凜帶著肅殺氣息的狼隻，他們就這樣圍繞著營火，排列出隊形。下一秒，重重轟然鼓聲像是打雷般從四面八方傳來。我被嚇了一大跳，才發現不知道什麼時候，競技場周圍已布置好鼓陣，每面鼓看起來都非常大，不是正常的那種大小，擊鼓的人也不是一般大小，手上拿的還是超大的不明骨頭；一敲上去，鼓聲眞的像打雷一樣，聲音讓人毛骨悚然起來，我都可以看到我手上起雞皮疙瘩了。

不管在哪裡，這樣的鼓聲都很震撼人心，我看見旁邊的五色雞頭和夏碎學長目光已經被吸引，所以也跟著往場內看去。隨著鼓陣節奏，場內戰士們動作豪邁地跳起了應該是戰舞般的舞步，雖然帶著強烈的殺伐感，不過也讓人轉不開視線。

接下來雖然換了人，不過跳的大部分仍是戰舞，配合著各種重音歌聲，其中還有不少女戰士，那種剽悍的力量美眞讓人看得移不開視線。直到中途回過神時，不知不覺已過了快一個小時。

開場表演告一段落，舞隊撤下來後，火塔突然越燒越烈，而且火焰漸漸轉成白焰，周圍狼群又開始各種咆哮。

幾秒後，火塔頂端爆開，帶著火絲的白狼就站在頂端上方。

看起來形體並不大的白狼一出現，所有狼隻都安靜下來，競技場中瞬間變得非常安靜，只剩下火焰燃燒的聲響。接著，眾人開始朝場內做出跪拜禮，我看夏碎學長和五色雞頭也都在行禮，連忙跟著他們一起做。

這種陣仗，絕對就是狼后了，原來那個營火塔是狼后的位子嗎？

……不知道爲什麼，我突然想到右商店街的燒女巫活動……

狼后坐定後，並沒有說什麼，一雙漂亮的紅色眼睛只淡淡往我們這邊看了眼，然後輕輕點頭，接著將視線轉回競技場內。

這時候，原本站在我們旁邊的阿法帝斯突然消失，再出現時已在競技場內，一看見他，觀眾台興奮鼓譟了起來。

阿法帝斯抽出腰刀，直接指向我們。

「向混帳的後人挑戰。」

……你的仇恨之心要不要這麼明顯！

就算我祖先害你們沒有花樣美少年，你也不用急著在第一時間幹掉我啊！

正想打開陣法一秒逃逸，後面的山大王直接抓住我，然後舉高，我根本還沒反應過來就聽到他一吼：「送過去啦！」接著把我整個人往競技場扔。

——我祝你走路撞樹啊啊啊啊啊渾蛋！

還沒在心裡「祝福」第二輪，我整個人姿勢超級不雅地狗吃屎撞在競技場內石磚上，幸好老頭公快了一步放置保護沒讓我一頭撞上地，不然我大概也不用打，直接腦漿噗嘰爆出來。

撐著地磚正要從地上爬起，我突然感覺到腦後一陣冷風，下意識縮了脖子，整個人往旁邊滾開，剛好躲開了阿法帝斯揮過來的一刀。

「等等等等——」

抱著頭，我立刻蹲下縮開，避開斜後方襲擊。

連續兩刀揮空，阿法帝斯瞇起眼睛，危險地看過來。

不是我要說……他揮刀的軌跡怎麼有點像學長平常在搧我腦袋的那幾個路線？

後腦再度刷來冷風時，我立刻按照之前的習慣和反射避開，眞的讓我避開第三刀。

……

……

我靠！

學長我應該感謝你平常是用了心血在打我，還是應該害怕你是眞的用殺招在打我啊！爲什麼會和阿法帝斯的砍頭攻擊這麼像！我都覺得毛骨悚然了啊啊啊啊啊啊啊啊啊！

你不覺得這樣隨手打一個學弟很可怕嗎！

我當時也就只是一個腦子想得比較多的普通人，連殺隻雞都會被雞反殺，你怎麼可以用這種砍頭刀法打我！

天地良心啊！

你的良心在哪裡！

被我一連躲開三刀，阿法帝斯反而沒有再出招，只臉色陰晴不定地在附近盯著我看，感覺好像要試圖給我心理壓力，雖然我覺得他可能沒想這麼多，只是單純想瞪我。

接著，阿法帝斯慢條斯理地收起刀，然後開口：「改變主意了。」

「什麼？」我一愣，連忙往後退好幾步，讓老頭公擠出更多保護壁。

「這個競技場設下了和你們學校類似的結界，不會眞的死客人。」阿法帝斯折了折手指，發出超危險的聲響，「我要把你揍到死。這千年以來我每天都睡不好，沒讓你們這些混帳的族人死個幾次，失眠就治不好。」

有病就好好治不要迷信偏方啊！

抽出米納斯扣下扳機時，我看見衝破防禦結界的阿法帝斯臉孔出現在我面前，帶著噬血的歡快笑意——

「歡迎來到燄之谷，混帳。」

第五話　發想的引導

那一天我還以爲我終於要經歷人生第一次爆腦。

就在生死瞬間，阿法帝斯已逼近到隨手可以將我像番茄一樣整個揍爛，不過在他拳頭揍上來時，大量水氣混合老頭公的結界緊密擋在我面前，吃力地接下阿法帝斯的拳頭，兩方力量同時抵銷，短暫兩、三秒間給我一個往後逃開的機會。

抓緊時間裝塡子彈，我連忙在四周開了幾槍，正想甩出尼羅的符紙，阿法帝斯已掙脫水霧的糾纏，這種接連而來的壓迫讓我覺得很緊張，但倒沒有之前那種煩躁感。拉出符紙時，我的頭頂突然被人按了一下，接著一道身影落下來擋在前面，揮開阿法帝斯的襲擊。

「漾～去後面做輔助。」五色雞頭頭也不回地用爪子拇指比比後方。

我連忙再往後退開距離。

阿法帝斯不快地瞪著冒出來的五色雞頭，「滾。」

「打狗也要看主人，你想打本大爺的僕人，吃飽洗洗睡吧。」甩出雙手獸爪，五色雞頭冷哼了聲。

「那就兩個一起打。」阿法帝斯也沒在客氣。

趁他們對嗆，我正想要使用符紙，突然想到之前曾將一些力量轉化爲子彈，裝塡在米納斯裡使用，或許這些也可以？

握住紙符，我感受著上面的力量，盡量想把這些力量轉化給米納斯；符紙似乎對於氣流牽引有所反應，這次沒有主動發動，而是整張紙符在我手上捲了起來，逐漸縮成一小團。不過因爲符紙本身力量過大不太好引導，還沒縮完，直接被打飛過來的五色雞頭打斷轉化，和我撞成一堆。

五色雞頭立刻跳起，回頭看了我一眼，正好看見那張捲成紙團的符紙，「龜啊！」說著，他直接抓走紙團，眨眼丟顆子彈回來給我，然後馬上又撲出去和阿法帝斯扭打在一起。

默默看著子彈，我很想蹲去角落悲傷一下，不過前面打得火熱，我也就趕緊把子彈給裝塡進去。子彈嵌入後，冰冷的感覺從米納斯的槍身中轉繞出來。

下午被圍毆後我稍微辨識過尼羅給我的符咒，發現大部分基礎元素都能與水系力量相輔，除了有雷電，也有現在手邊的冰霜力量，看來尼羅有特意揀選，只不過確切的用途因爲符咒太高級了我看不太出來。

「西瑞！」

前方五色雞頭應聲跳開，我朝地面與空中分別擊發一槍，四周氣溫瞬間降得極低，白色凍霜快速往四面八方擴張，銳利的冰柱穿地射出，當場把阿法帝斯逼退好一段距離。

這個狀況並沒有維持很久，應該說只有維持幾秒鐘，很快地，冰柱被第四個入場的人悍力一擊，完全碎成粉末。

「雖然這樣是欺負小輩，不過老子覺得很有趣，實在忍不住了。」山大王摩擦著拳頭，興致勃勃地盯著我手上的米納斯看，「放心，老子和阿法帝斯只用拳頭對付你們，沒爪子沒牙齒沒法術。」

被他這樣一說，我才發現阿法帝斯除了一開始拿刀砍我，基本上眞的完全沒用術法，看來他們還是讓了很多步……但也不排除他是眞的想要用拳頭發洩式地把我揍成肉醬。

「剛好，本大爺也想揍扁你這隻老不死的。」注意力轉移到山大王身上，五色雞頭瞇起眼睛，「兩個一起上也可以。」

最好可以啦，你還眞忘了自己連續被同一個人打趴兩次嗎！

「那麼混帳是我的。」阿法帝斯勾起冷冷的笑，視線再度釘到我身上……我死定了。

認眞說，我想我還是不要抵抗好了，實力眞的相差太懸殊，就這樣被打死搞不好還快一點結束，不用繼續被身心全虐。

沒骨氣地這樣想著，突然手邊有個黑色東西竄了出來，仔細一看，是黑蛇小妹妹變成的單眼烏鴉。

「主人要我告訴你，那個冽花陣的應用方式。」單眼烏鴉抓在我手腕上，眼睛骨碌碌地靈巧轉動。

我瞄了一眼觀眾席方向，夏碎學長朝我點點頭。

「有什麼招就放出來。」相較於另一邊已開幹的五色雞頭和山大王，站在對面的阿法帝斯不急著把我撕成兩半，有點嘲弄地挑眉看我。

我深深吸了口氣，聽著小亭轉述的話，然後按著米納斯，打開水術陣法。

得到幻武兵器後，安因他們最常給我惡補的就是相應的水術，然後再藉由基本元素法術啓動其他衍生法術，所以這次我把王水混合進陣法裡。

「追敵。」

一陣冰冷的風從我周邊旋轉颳了出來，好像在空氣裡拉出一條眼睛看不見的氣流通道。抓準了方向，我想也不想地直接順著通道開了兩槍。

擊發的術法攻擊並沒有直接打向阿法帝斯，而是在空中就爆開了，吃食著空氣中的水分快速凝結出大朵大朵我根本沒看過的冰花，花瓣銳利得連我都看得出來可以砍人。

毫不畏懼這種包圍攻擊，阿法帝斯伸出手往朝他覆蓋的冰霜花朵揍下去，與山大王一樣，當場把這些冰花打得粉碎，一點也沒有被王水花影響，連衣角都沒融到。不過這次碎散的冰屑並沒有像剛才一樣消失，全數往中心聚集，如同漩渦般再度旋轉起來，最後倏地張開翅膀，數隻重組起來的冰鳥發出銳利長嘯，急速再往獵物包圍攻擊。

「滅跡。」

握起手掌，因為有鄰居被雷和王水打不死的經驗，這次我沒特別忌憚，畢竟能力差太多，我都已經拚命耗費精神力了，八成還是只能讓阿法帝斯打個噴嚏吧。

地面應聲拉出層層牢獄欄杆，把冰鳥和阿法帝斯關困在同個地方，接著冰鳥接連不斷爆裂，炸出的冰屑綻開後重新成為冰花，一朵朵地凝結場內空氣，直到我眞的喘得不行，攻擊速度才慢慢停止。

吐出口氣，我看著整個疊高到像冰花小塔般的牢籠，冰塔外覆蓋上一層白霜，所以看不太清楚裡面的狀況。

「臭小子！」

聽見附近的聲響，我轉過頭，與五色雞頭打到一個程度的山大王正好把五色雞頭打飛到牆壁上，然後甩甩手，他的手臂第三次出現一模一樣位置的傷口。

山大王瞅著傷口，臉色雖然沒什麼變，不過看向五色雞頭的眼神已不太一樣了，「小子，有你的，老子很久沒遇到你這種傢伙了。」

五色雞頭翻身跳起，吐掉嘴裡的血，咧開冷笑朝山大王比了記中指。

就在這短短的分心時間，老頭公和米納斯同時傳來強烈警訊，下一秒，王水冰塔完全爆開，大量冰塊碎屑砸在我的防禦結界上。

還眞的給我一根寒毛都沒少的阿法帝斯拍掉身上粉碎，緩慢地看向我。

「看來，你也算盡力了。」

最後，他出現在我臉前。

※

那天晚上有多慘我就不想去回憶了。

阿法帝斯揍上來時我好像有看見五色雞頭在那瞬間出現在對方身後，接著便是臉上爆開一股強烈劇痛，我眼前一黑，就什麼也不知道了。

不過這樣比較好，我覺得很多事情不要知道對各方面來說都好，例如心靈和記憶。我完全不想記得自己有沒有被揍成肉醬然後被復活再被揍成肉醬。

因爲強烈頭痛而睜開眼，先聞到的是股濃濃的酒味，非常濃，濃得我聞幾秒又覺得有點暈眩了，連忙從原處爬起，才發現我躺在地毯上，五色雞頭用很難看的姿勢仰躺在我附近；接著是睡得四腳朝天的山大王狼形，周圍還有一堆大大小小的陌生狼隻，遠一點的角落可以看見阿法帝斯，仍維持著人形，抱著刀窩在那邊，顯然也在睡覺。

現在這是什麼狀況？

我有點愣，然後躡手躡腳地往窗戶邊爬去，幸好原本躺的位置就離窗戶不遠。

這個地方是招待所的某個房間，地上丟了一大堆酒罈，看起來應該是這群人喝到醉死了。站起身後我環顧一下室內，並沒有看見夏碎學長，只是房間裡睡死的狼隻莫名其妙的多，還有好幾隻疊在一起睡的。

現在是……因爲我被揍死然後大家喝酒慶祝？

按著發痛的額頭，我想從窗戶爬出去呼吸一下新鮮空氣。

好不容易不發聲響地落地，我轉過頭，赫然看見附近有人，還帶著微笑往我看。我一眼就認出來了，是給小亭吃門板的老婆婆。

「您、您好。」我稍微愣了下，連忙打招呼。

老婆婆和藹可親地微笑，招招手，讓我跟著她往外面庭院走了一段。

等到離開房間外的範圍，老婆婆才笑笑地開口：「來，我給你稍微治療一下頭痛吧。」

不知道爲什麼，雖然之前老婆婆行跡詭異，我都已經告誡自己要小心了，但她這樣一說，我還是不由自主地蹲下身，像是很相信她一樣，沒任何防備。

老婆婆伸出長滿皺紋的手，在我額頭兩側揉了揉，一種暖暖的感覺傳來，頭痛竟然眞的就這樣好了。

「這是宿醉，不太要緊。」拍拍我的肩膀，讓我原地坐下，老婆婆也跟著在我對面端坐，然後從口袋拿出小布包放在我手上，打開後是幾片餅乾。

「宿醉？」雖然她很親切，我還是先注意到不太對勁的兩個字。

「昨晚啊，你被阿法帝斯打昏了，後來羅耶伊亞家族的孩子扛下所有挑戰。歡迎會之後那些孩子們大概是打著有好感了，就回來繼續喝，我路過時看見阿法帝斯拽著你灌酒。」

別鞭屍啊！

難怪我一早被頭痛痛醒！

在老婆婆友善招呼下，我吃了幾口餅乾，接著才再度開口：「您……應該不是狼后吧？」

自從來到這世界，每次碰巧遇到什麼路人都有可怕的來頭，如果這次再給我遇到狼后，我肯定要去收驚，這個已經不是碰巧了，是碰鬼啊！

老婆婆搖搖頭，也沒缺德地叫我猜，直接說道：「我是座前武士，木樨。狼后正在內廳和藥師寺少主議事。」

聽起來應該是暫時不能去打擾。

「燄之谷的性格一直如此，別放在心上。」不知道是不是怕我下次不敢來，老婆婆和藹地說道。

「嗯嗯，我大概知道了。」我徹底明白學長是哪來的天生野性，這個燄之谷就等於放大一百倍的學長，現在會做什麼一點都不讓人意外了。

「我們收集過情報，包括學院在內，所以曉得你爲什麼會出現在這裡。」老婆婆用溫暖的目光看著我，「雖然你是『那個種族』，但燄之谷明白你們擔負的責任和苦處，年輕一輩當然會遷怒，稍微發洩一下就差不多了。對於你誠摯地前來想幫助少主，我們還是相當感謝的，畢竟淼之谷已退出歷史，不可隨意插手。」

「這個……沒什麼……本來就是我該做的……」畢竟，學長會變成這樣是我害的。

想到這件事，我還是揮不掉那份內疚。

老婆婆笑了笑，沒說什麼。

約莫過了幾分鐘，老婆婆才又打破安靜。

「不過啊，外面確實還是有點麻煩。」呵呵地笑著，看起來一點都不像覺得有麻煩的老婆婆臉上甚至還有點高興。

「黑暗同盟嗎？」說到外面，我比較介意的就是那個奇怪的聯盟，那群想要世界末日的傢伙不知道在想什麼，明明成員不全是黑暗種族，怎麼會組成這種同盟？好好地活在這個世界不行嗎？

「說不定也有你們的朋友呢。」老婆婆還是笑。

……該不會是千冬歲打算搬帳篷來長期抗戰吧。

我按著額頭，默默感到有點可怕。因爲依照夏碎學長這兩天的表現，我覺得他很有可能會把我踹出去處理，然後他就趁這個機會逃得無影無蹤，接著我就會成爲靶子被千冬歲報復。

「褚，你在想什麼呢？」

「什麼也沒想！」

被突如其來的聲音嚇一大跳，我整個跳起，正好看見夏碎學長從不遠處走來。

「座前武士，木樨。」非常有禮貌地向老婆婆行了個禮，夏碎學長微笑著看了我一眼，接著視線放回老婆婆身上繼續開口：「小亭似乎受到您的照顧了。」

「唉呀，可愛的轉化生命很罕見，岡茲又不缺門，是吧。」

老婆婆仍是和藹可親地微笑，夏碎學長也還是優雅親切地微笑，但不知道為什麼，他們兩個這樣面對面地笑，讓我一邊旁觀一邊冒出一堆雞皮疙瘩，整個人開始發毛。

說眞的，與其這樣看著那兩個人身邊纏繞著各種詭異的扭曲之氣，還不如讓學長搧巴掌來得痛快。

那邊扭曲了一會兒後，夏碎學長才轉過來，「褚，因爲狼后的吩咐，待會兒我得去拜訪一些人，可能得忙到下午……嗯……」

「我和西瑞會自己在附近逛逛。」

見夏碎學長好像沒有立刻要告訴我什麼情報的意思，我很有自知之明地先接話。雖然很想知道他和狼后談了什麼，不過經驗告訴我，如果當下他們沒說，最好不要追問。否則問不到答案事小，被各種唬爛惡搞事大。

夏碎學長點點頭，「那就別跑太遠。」

我喔了聲，正打算回去把五色雞頭打醒時，赫然發現五色雞頭已從遠處蹦過來了……可惡，還以爲這次有機會打醒他！每次都是我被打醒超不公平！

「漾~四眼田雞的哥。」五色雞頭爽快地打了個招呼，「那誰？感覺好像很強！」

我黑線地和五色雞頭介紹了下老婆婆，大概是因爲覺得打老人不好，五色雞頭沒有像挑釁山大王一樣挑釁老婆婆，只是上下看看就跑開了。

「那麼藥師寺少主這邊請吧。」老婆婆見我們已講完話，才開口。

原來她是在這裡等夏碎學長。

「你們兩個小心點。」夏碎學長意有所指地看了我一眼，然後看往旁邊。跟著看過去，我才看見五色雞頭竟然想爬牆去把上面的小狼打下來。

「我盡量！」

拽著五色雞頭，我們兩個先回房間。一回到屋裡，剛才那些屍橫遍野的狼隻已經不見了，也沒看到山大王和阿法帝斯，整個房間被整理得很乾淨，乾淨到好像我醒來看見的那些都是錯覺。

昨天四處亂跑，之後打到陣亡，所以行李沒什麼打開，我稍微確認了下物品，便沒事了。

坐在桌邊，我拿出尼羅和我自己買來的符紙。

眞的得努力開發新用途了。

「漾~你在發什麼呆？」

椅子突然晃了下，我回過頭，看見五色雞頭一邊咬著食物一邊趴在後面看。

「……昨天你是怎麼弄的？」

「啥？」

「就子彈，怎麼那麼快？」我抽出一張符，問道。

「本大爺來去一陣風，不管做啥都很快！」直接吞掉嘴裡所有食物，五色雞頭劈手奪過我的符，往上拋了一下，掉下來時已變成一顆雷電顏色的子彈了，「這有訣竅的~」

「教我！」我立刻打斷他後面可能會出現的各種拼裝戲劇語。

可能是被我這麼果斷的態度嚇了一跳，五色雞頭瞇起眼睛，過了幾秒才開口：「也是啦，這方法好像比較適合你這種衰弱的僕人。」

「對啊對啊，比起在那邊搞半天，直接做成子彈備用快多了，與其讓我被秒殺，你先教我把這些都做好，比較不會丟你的臉。」我很誠懇地對他露出期待之臉。

「來來跪下來磕三個頭叫師父先～」五色雞頭回我一個得意臉。

別得寸進尺喔！

「不知道是誰之前自己說歃血爲盟眞兄弟，這時候趁火打劫，在江湖上算不上一條好漢吧。」我冷笑了聲，「不然我給你磕頭好了，要當師父就兄弟免做，不同階嘛。」

「大、大爺就隨便說一下！」五色雞頭有點愣，接著往我這邊靠過來，挑起眉打量我，「漾～你是不是昨天被那些狼渾蛋打傻了？」

你才傻，你人生才一直都傻的。

這麼久還學不會反制你，我就不是傻，是眞腦殘了！

盯著我半晌，五色雞頭才嘖了聲，還眞的認眞開口，「你那時候不是有做到嗎，不過很龜速。」

「果然是引導轉化嗎？」之前周圍的人都是這樣教我使用力量的，安因他們幫我改良術法讓我可以牽引一些基本術法進入槍裡轉化成子彈，果然在符紙轉爲子彈上也可以這樣應用。

「引導？」五色雞頭疑惑地歪頭，「不是駕馭嗎？」

「駕馭？」我也疑惑地回望他。

「你贏他他就都聽你的話啊。」五色雞頭用很理所當然的語氣回我。

「聽沒有很明白。」

……啊！他的意思應該是用力量壓過力量吧，直接用自己的力量把其他力量變成想要的樣子。我想想，這個是很適合他們這種本來就很強的人，但我肯定沒辦法，尤其尼羅給我的符紙每張力量感都很足，可能不是我隨便捏可以捏出來的。

五色雞頭環著手，大概是覺得教我很麻煩，嘖了聲，過了一會兒他突然拍了下手，「你不是很會用爆符嗎！」

爆符……爆符那時候學長說啓動方式就是想像啊，一想就中，和別的符不太一樣。

說到爆符我還眞懷念啊，已經好久沒變炸彈了。

只是尼羅給我的這些是啓動陣法，使用方式不太相同，更別說力量太強、種類太多，我連自主發動都有困難。而且我是希望提前先做好子彈儲備，不是像其他術法兵器用完就會消失，也不用遇事還得啓動符紙再讓米納斯吸取力量發揮這麼麻煩；直接做成子彈讓米納斯融合應用快多了。之前學長他們都做過這類型的東西，應該也有我這種低階可用的新手模式吧？

……

等等，那時候塡裝百句歌的子彈是怎麼辦到的？百句歌的力量也很大，不過當時我卻很快就能使用，雖然並不是把符紙轉成子彈這種工作，但當下並沒有所謂力量太大、龜速轉化的狀況發生。

我皺起眉，突然想起當初使用百句歌時的狀況。沒記錯的話，那次是由米納斯進行轉化子彈——正常的幻武兵器能做到這些事嗎？

……算了，反正我的幻武兵器一直都很不正常，她都能很自主地開發子彈了，完全不需要主人的幫忙，超級獨立。

但是我保證現在叫她轉化這堆符紙，她絕對立刻和我翻臉，還是自己努力吧。

「都差不多啦，反正你有妖師的力量，用一點上去就好了。」五色雞頭拉出旁邊的椅子一屁股坐下，「手伸出來，本大爺教你。」

把手伸出去，五色雞頭直接把符紙拍到我手上，接著爪子壓上來。

五色雞頭的手拍上來時，我除了感覺到符紙本身的力量，還有一種比較強勢的細微力量在牽引我；從我的手掌心好像有點什麼跟著轉繞出去，然後與符紙起了小小的共鳴，那瞬間似乎可以感覺到符紙在回應我的想法。

然後，子彈成形。

「妖師用『心』的力量比較快，瞭了吧。」五色雞頭收回手，「用你這種力量去引導比你強的跟龜在爬沒兩樣，本大爺的方式你又用不上，直接對話吧。」

對話？

我看著擺到桌上的銀色子彈，趁著剛才那種感覺還沒消失，連忙再拿過一張符紙試著引起淡淡的共鳴感，果然很快又是一枚新的子彈製作完畢，而且完全沒有消失，就維持著這樣的形態靜靜地躺在我手上。

這下子有點成就感了，我迅速把大半符紙手加工完成，停頓下來後突然發現有點虛脫，類似用二檔時那種無力感，不過比較輕微。

「你不是很會用種族力量，一次用太快會很累喔。」五色雞頭超遲地丟過來這句。

你應該早點說！

不過桌上符紙已消耗大半，子彈也有幾十發，暫時夠用了。

我把子彈和符紙都收回背包裡，癱在椅子上休息。

坐了一會兒，五色雞頭又開始蠢蠢欲動了。

「不去競技場，要去自己去。」在他開口把我推進地獄之前，我先打斷他。

五色雞頭立刻不爽臉。

……還好我先說！

「那你要去哪裡？」五色雞頭用「如果你的提議沒更好，我還是會把你拖進競技場」的語氣問。

是說，如果想去競技場你可以自己去啊，何必把我一起拉去。

「我想去看其他和學長有關的地方。」這是實話，來到燄之谷後，除了看看學長的故鄉，其實我更想看看其他能了解學長更多的地方。當然他房間那種就不必了，我這輩子打死都不會想到狼族會幫學長搞一個優雅到爆炸的蕾絲夢幻房間。

五色雞頭歪著腦袋，想想，才開口：「他老母的墳墓之類的？」

爲啥會突然想到人家的墳墓啊！你好歹說個圖書館什麼的不是比較正常嗎！

欸不對。

「學長他媽媽不是和三王子葬在一起嗎。」沒記錯的話，我記得賽塔說過公主和王子最後都是回歸精靈族，永遠沉睡在那邊了。

「有紀念的地方啊。」五色雞頭說道：「昨天那個老不死的說有第一公主的紀念神殿，想去可以去。」

「那去紀念神殿！」我想，學長回來燄之谷的時候，肯定也去過了。

「先去你的，再去大爺的。」五色雞頭開始討價還價，但不知道怎麼地，我乍聽之下覺得他好像在說髒話，「本大爺也聽說他們有個啥燄之谷火焰脈絡的，想去。」

他在說想去時那張臉實在有夠不懷好意的，但爲了預防他跑去給人家搞破壞加上那個聽起來好像也滿了不起的，我沒想太多就點頭。畢竟現在是在燄之谷裡，還是跟著五色雞頭盯著他比較保險。

萬一讓他炸了人家城都，我百分之九百一定會被當成共犯……不對，說不定是主犯大卸八塊！

「說走就走。」看我也休息好了，五色雞頭很有行動力地跳起來。

離開招待所後，我明顯感覺周圍氣氛變了。

前一天到的時候可以隱約感覺到這裡的居民似乎不太想理我們，應該說我覺得會隨時衝上來殺人什麼的，氣氛一直很不好。

不過今天踏出去，顯然友善多了，路過的普通居民微笑著朝我們點點頭打招呼，幾隻狼蹦跳路過也往這邊叫兩聲，然後又打鬧跑開。

看來昨天眞的沒有白死，得到這種小小的認同讓我默默有點感動。

「混帳的後人……」

「快看，那個是混帳的後人……」

突然一點都不感動了。

我面無表情看著旁邊指指點點的小孩群，那些小孩一哄而散地笑逃了。

「給我改綽號啊喂！」直接往那群小孩後頭抗議地喊了一聲，接著我聽到旁邊其他居民的偷笑聲……好吧他們根本是毫不遮掩地正大光明笑。

學長，燄之谷還是很渾蛋。

「你們要去哪裡啊！」

還在想要不要去弄個耳塞來，身後突然有人撲出來，動作超自然地搭在我和五色雞頭的頭上。

我和五色雞頭同時從對方的肌肉裡掙扎出來。

「我們想去公主的紀念神殿。」看著好像很閒的山大王，我揉揉剛剛被肉敲痛的頭頂。

「咦，阿法……算了，應該也沒啥差。」山大王搔搔下巴的鬍子，咧開笑，「老子剛好沒啥事，也有陣子沒去了，順便帶你們過去。」

因爲五色雞頭沒抗議，而且竟然和山大王有一句沒一句地交談起來，我有點意外，不過他們兩個沒當場大打出手也好，就跟著他們走了。

「所以說，你爲啥一直攻擊老子同個部位。」山大王在路上的攤販買了很大一塊、幾乎是一條手臂長的烤肉丟給五色雞頭，自己也拿了一串，遞給我時我搖搖頭，他們兩個便逕自吃了起來，「老子不認爲那是盲點，你打的時候也挨了老子的回擊，你根本躲不開。」

「啥？被本大爺捅三次你還不覺得那是盲點嗎，老人痴呆。」五色雞頭老實不客氣地噴回去。

「也是，老子還眞沒想到殺手家族有那種方法可以攻擊。」山大王拔下一大團烤肉往旁邊丟，兩、三隻小狼同時跳起來搶肉，接著打成一團，「這近千年來你還是少數幾個可以反覆打在同一個地方的傢伙。」

「哼哼哼，本大爺浪跡江湖，什麼鳥屁對手都殺過，這不算啥！」五色雞頭得意地抬起頭。

「少數幾個？」我有點好奇地看著山大王的手臂。

「啊啊，如果要說你們認識的人，阿法帝斯以前也做過一樣的事，那個小鬼和這個小屁孩一樣個性很爛。」個性很爛的山大王回答我的問句：「那小鬼雖然沒列入座前武士，不過他畢竟是菁英戰士，昨天也只是想教訓你一下而已。」

「我沒有記恨啦。」反正都已經死完了，我也不會特地去恨他，我的願望是修理你們整個渾蛋谿之谷啊！

「當年阿法帝斯和公主很好……不是你想的那種，他們還滿像姊弟的。」把剩下的肉都丟給路邊的小狼，山大王有點懷念地說著，然後邊打開了跳點陣法，「阿法帝斯天生體質不是很好，小時候很虛弱又吃不下東西，一直都比公主還小隻，照那樣子是沒希望進戰士團的。不過公主原本就很照顧族裡的小孩，尤其是特別弱小的那些，為了給小隻的阿法帝斯打氣，每天都去找他比腕力。」

……比、比腕力嗎？

這個燄之谷究竟是多喜歡用比腕力決定事情？

「為了比腕力贏公主，阿法帝斯不但大吃特吃、把自己撐胖，還跑去拜木樨當師父做特訓，後來終於贏了公主一次，之後公主就沒再和他比過腕力了。公主對阿法帝斯來說，一直是讓他很尊敬的精神象徵。」

山大王在說這件事的時候，我可以看得出來他臉上一閃而過的那種久遠感傷。

雖然那已經是千年前的事了，但對這些自當時活到現在的人來說，或許一直沒有遺忘過。因為親身參與了，所以更不可能忘卻。

「對了，阿法帝斯也很崇拜三王子喔。」

好像想起什麼很有趣的事，山大王突然竊笑了起來。

「三王子？」對了，阿法帝斯在說公主和王子時，的確臉上很有活力。

「大戰剛開始那時，有一次阿法帝斯因爲看不慣精靈族那麼飄逸，而且公主還都跟王子在一起說笑，就私下跑去偷襲三王子……哈。」

後面的事情我大概可以猜到。

學長他老爸雖然外表看起來集各種美麗蠢萌飄逸發光於一身，但是組成的成分裡還是裝填不少善戰剽悍，所以阿法帝斯當然會被三王子種在地面，還是壓倒性地種。

「總之，是慘敗了。不過後來精靈族在戰爭裡的表現讓軍團刮目相看也是個原因，老子這輩子大概無緣再看第二次了，那些傢伙在戰鬥時眞的很美啊……」山大王好笑地直搖頭，「怎麼會有這麼奇妙的種族存在。」

我也很想知道。

山大王猛地停下交談，出現並矗立在我們面前的，是一座非常巨大的黑石建築，建築周圍環繞著絲絲舞動的金紅色火焰，火光將壯觀的雕刻與外圍神像襯出一絲奇異的美感。

「到了。」

第六話　火焰脈絡

公主神殿與狼神神殿的布置差異相當大。

狼神神殿必須得走過長長的谷道，但神殿本身相當簡單俐落；而公主神殿雖然沒有谷道，但神殿中卻錯落著好幾座大型院落，站在外面一時看不清裡頭深淺，只覺得很大。

「一開始沒這麼大，後來一直加建的。」大概看出我的驚訝，山大王笑笑地說道：「聽說你們昨天去過狼神殿，那邊是絕對不能再更動觸碰的地方；而公主的紀念神殿千年以來一直有人反覆修繕擴地，平面上看起來佔地較廣。」

山大王解釋這裡可以自由進出，而且因爲時間久了，現在比較像我們所謂的那種紀念公園的感覺，有些人閒著也會攜家帶眷來這裡野餐。另外，紀念神殿中有一些人住在裡頭，全部都是自願照顧神殿大小事務的護衛，所以要注意的就只有別在神殿裡做無禮的舉止，大致上隨意參觀沒問題。

「否則我們格殺的速度很快的。」山大王微笑地給我一句錟之谷的名言。

踏上台階後，我很快被牆壁上各式各樣精緻的敘事雕刻和壁畫彩繪吸引，接著注意到同樣掛在牆上的大量小布偶。

那些布偶有大有小，有的做工精緻也有相對手工不靈巧的，數量非常多，從新至舊都有，幾乎每面牆壁都掛了一堆。

「喔，這是送給公主的，以前公主常常做給小孩子玩，那時候燄之谷的小孩幾乎都有，後來小孩子自己動手做了回送，公主就會很高興，到現在還是有人做。」

走進神殿前花園，裡面是露天的超大花園和草坪，中間有幾座雕像，邊上有不少異常巨大的樹，樹上開滿很像紅水晶色澤的小花與掛滿各種小布偶。

草坪上還有許多狼隻躺在那邊曬太陽，也有幾個人形樣子的坐在樹蔭底下聊天，看起來果然很休閒。

沿著神殿長廊穿過花園，後頭出現大大小小的廳院，幾乎都是放著和公主有關的敘事資料、雕刻壁畫。最後，我們走到神殿中心，供奉著兩尊巨大黑石雕刻的正殿。

以前就知道學長和三王子長得幾乎一模一樣，所以看見公主人形雕像和學長不怎麼相似，也不太奇怪。不過雖然只是雕像，但持著長刀、穿著薄甲的公主看起來仍非常漂亮，尤其是雕刻的人不但把公主的美麗剽悍雕出來了，連那抹烈火燃燒般的氣息也能淡淡透出，光是站在前面就可以感受到些許昔日的驍勇英氣。

公主身邊則是一匹黑狼，比起正常的狼大一點點，不過不到狼神那種誇張的大，散發出相同氣息感，看來是她的本體形象。

雕像下的台座四周也堆滿了布偶，我突然驚見那種吊死娃娃也擺在裡面，而且有好幾隻。這些娃娃似乎試圖想做得精緻點，還用上了拼布做衣服，而且奮力地想長出手腳頭髮，但是長得很不均勻，有的長有的短，其中一隻不知道是要做嘴巴還是吐舌頭，總之那條舌頭很長看起來有點死不瞑目……娃娃們看起來新舊不一，有的很有年代，估計是定時送過來供奉的。

說眞的，那個吊死娃娃實在是太突出了，在一堆看起來很溫馨的布偶裡眞的超跳脫的，活像那一區會散發怪異的氣息，做這個的人可以那麼久都沒進步也是一種才能了。

「你們在這裡做什麼！」

超級不友善的冰冷聲音從後方傳來，我馬上回頭，看見昨天謀殺我的阿法帝斯黑著臉站在門口，然後五色雞頭不知哪時候又跑不見了，只剩下山大王朝友人聳聳肩。

「呃……」

我還沒回答，阿法帝斯就一臉懶得理我們的表情轉開頭。

他現在的穿著似乎比較輕便，沒有昨天看到那麼正式，大概是早上醉完有回家去換平常的衣服。

直接把我當空氣，阿法帝斯越過我，然後從口袋裡掏出一隻……一隻吊死娃娃。

我愣愣地看著他把那隻驚悚的娃娃放進它的同伴們裡面去。

在雕像前默禱了一會兒，阿法帝斯很快就離開了。

「……他做的？」我呆滯地轉向山大王。

「什麼？」山大王疑惑地回望我。

「娃娃。」我抹抹臉，很認眞地思考那個手藝到底是怎麼回事，「外面小村子那些也都是嗎？」

「喔對啊，老子想想，應該是幾十年前哪次競技大賽的打賭，笨小子最後一項慘輸老子，當時好像是輸的要做三百隻……不對，四百隻？五百隻？忘了，反正輸的要做布偶，後來做太多，大部分都被居民拿走了。」好像不覺得那些娃娃有那裡不對勁的山大王一臉陽光燦爛的爽快笑，「畢竟是阿法帝斯做的嘛，上面都會有護咒，而且同一個製作者的護咒可以彼此相連，改良用在村子裡和巡防很不錯喔！」

你們眞的不覺得那個娃娃外表很有錯嗎……

「你要不要一隻，阿法帝斯雖然打不過老子，但他術法修爲很高，也接受過精靈族的指導，居家旅遊帶著還可以防蚊子。」說著，山大王平空掏出一隻吊死娃娃。

防蚊子是什麼鑽牛角尖的附加功能。

不過看著吊死娃娃，我還是不敢接，既然知道是阿法帝斯的作品，考慮到他討厭我的程度，這個娃娃萬一和主人通靈，搞不好半夜還會跳起來砍死我！爲了性命安全，我硬著頭皮再度婉拒山大王的好意，然後扯開話題，「阿法帝斯去過精靈族？」

「你應該在學院看過他吧，學院戰時，阿法帝斯不是和冰牙族的帶隊伍過去嗎。」山大王搭著我的肩膀，一起走出主殿，「當時爲了可以侍奉公主和三王子，阿法帝斯自願去冰牙族學習，你知道那個環境對燄之谷來說超討厭的。雖然最後的結局大家都不樂見，不過冰牙族還是很認眞地教了阿法帝斯很多東西，似乎在那邊也認識不少精靈。」

確實，當時阿法帝斯和精靈族的瑟洛芬看起來好像也有點認識，兩個人的動作還滿一致的。

這樣說起來，既然當時他們兩個帶隊去救援學院，估計實力眞的是強到爆錶。

對於昨天我只是被他用拳頭揍死，我眞的感覺到萬分慶幸。

離開主殿後，山大王問我晚點要去哪邊，知道我們要去看火焰脈絡之後就喔了聲，說他還有事情就跑了。

看見五色雞頭在外面和一堆大小狼打滾，大概是因爲在神殿裡所以沒有打起來，我便放心往其他庭院再逛逛。

其他地方也都收著公主的記事，裡面也有一些歷代王族和狼神的，因爲看不懂，我也只能看一下圖；從圖的內容大概可以知道燄之谷的第一公主非常受到狼族擁戴，除了善戰，還很明確地有不少她和各種部族往來交好的畫面，也有她指導族人各種事務的圖案——這位公主看來精通各種民生大事、征戰與法術，當然也負責了許多政務，與當初的冰牙族三王子很相似。

後來有個路人跟我說這裡主要都是記載公主的事蹟，看不懂的地方可以問燄之谷的人，如果想知道更多王族或燄之谷的記錄，可以去王城管理歷史的地方調閱，不過當時第一公主的確是狼族萬千年以來罕見的存在，就算過了漫長時光，公主在居民心中仍然是相當重要的精神指標，如同狼神。

其實進入燄之谷後，光是看狼族和阿法帝斯敬重公主的態度即使過了千年也不減，我就知道公主的分量相當重，難怪他們對學長的事那麼在意，忍不住想打破誓約說服學長回來。

我默默站在石板雕刻前，不知道第幾次想著當初自己的祖先到底都做了什麼……

「漾～」

回過頭，我看見五色雞頭靠在門邊，歪著頭，「你還要待嗎？」

「沒，走吧。」呼了口氣，我連忙離開記事間，然後打起精神。

「你肚子餓嗎？」五色雞頭直接塞一包東西給我，「吃飽好上路。」

你才好上路！

把那包東西塞回去給五色雞頭，「你哪來的？」我記得出門時這傢伙沒有帶食物啊，山大王請客的他也都吃光了。

五色雞頭指指附近草坪上在野餐的一群人，後者朝我們這邊揮揮手。

看來獸王族彼此混熟的速度還眞快。

「混帳的後人要不要也來一點？」那群野餐的人對著我喊。

是不需要，但是我很想你們改口叫我的方式啊！

因爲那些人滿友善的，我也只好走過去道謝。這些人一共六個，其中有兩個是狼形，另外四個男女都有，看起來很年輕，朝我招手的青年露出一個大大的微笑。

「少主和少主的朋友之前也來過這裡。」

一聽到對方的話，我馬上蹲下等八卦。

「還有匹獨角獸呢，眞是罕見，太有意思了。」另外一名少女嘻嘻地笑著，「一直往我們身上靠，完全不像傳說中不親人的獨角獸。」

……原來你們都是在室的。

那瞬間我感受到色馬毫不遮掩的齷齪。

「學長……嗯……你們的少主來這邊時有做或說什麼比較特別的事嗎？」把色馬扔出腦袋，我小心翼翼地發問。

少女有點困惑地皺起眉，稍微思考了下才回答我：「沒呢，那時候狼王下令把主殿這邊都封鎖，所以我們也是遠遠圍觀，不曉得他們說什麼喔。不過倒是有看見少主從主殿這邊拿了東西出去。」

「東西？」

「是啊，少主進來時是空手的，但是出去時，手上拿著……」

「在這裡和外人說什麼廢話！」

冷漠的聲音打斷聊天。

我抬起頭，看見阿法帝斯。

※

野餐的狼群很快逃逸。

「不要在這裡打聽餤之谷的事。」阿法帝斯很不友善地狠瞪了我一眼，「人太多了。」人少就可以打聽嗎？

我有點無言地站起身，然後拽住要衝上去撲人的五色雞頭，「抱歉，想說阿利學長他們有來過，所以問看看……說不定可以知道他們轉回綠海灣的原因。」

阿法帝斯瞇起眼睛，停頓了幾秒，才開口：「這種事情，只要藥師寺家的少主想知道，不論問我或岡茲都可以，狼王、狼后命令我們招待你們，所以不會因為個人偏見說謊。」

如果沒有命令你就會因為偏見說謊對吧。

這好青年一臉就是想把我騙去死的表情啊！

不過原來他和山大王是在招待我們，難怪我會一直看見他們兩個，害我還小人地想說他們該不會是想要找時機多殺我兩次解決失眠吧。

「你們要去火流河嗎？」阿法帝斯有點不耐煩地問。

「欸？」又是什麼地方？

「就是你們說的火焰脈絡，外來者聽不懂我們的話語常常聽錯。」阿法帝斯給我說了一段發音，眞的很像通用語裡面的火焰脈絡。

「反正是一樣的就好了。」五色雞頭哼了聲。

「不過火流河確實也是燚之谷、甚至是世界的脈絡，狼王允許族人靠地脈修練，所以沒有封閉。」阿法帝斯說道：「你們屬性不一樣，頂多去觀光繞一繞。」

見阿法帝斯現在講話很正常，還很認眞地介紹，我抓抓頭，還以爲他會再想什麼方法把我揍一頓。

「我雖然很討厭你，但也不至於一直和一個才十幾歲的小輩對著幹，你還沒那種價値，揍一頓就算了。」阿法帝斯鄙視了我一眼，語氣森冷地說：「如果是混帳的後代族長來就不一樣了。」

……不知道爲什麼我還眞的有點想介紹然來一下。

是說我還眞不知道然的實力，不過既然是妖師一族的族長，又有那個人的一部分，應該是很強。

就在我思考的這段時間，阿法帝斯也用某種冷眼掃了我和五色雞頭。

「……還會有什麼問題嗎？」雖然他剛才說算了，但是那種視線很不像眞的會算了啊。

「你們確定知道去火流河會有什麼嗎？」阿法帝斯看起來很不想理我們，但還是開口詢問。

「有吃人的東西吧。」一堆狼族啊。我默默在心中想大概又會遇到一堆在修練然後想要扁我的當地居民。

「知道就好了，走吧。」阿法帝斯點點頭，打開法陣。

……

………

等等！眞的有會吃人的嗎！

我隨便講講啊啊啊啊啊啊啊啊！

根本不給我反悔的時間，阿法帝斯說轉就轉，瞬間把我們全部移出公主神殿了。

幾秒後，一股猛烈熱浪直接撲面而來。

原本老頭公應該會幫我調節基本保護結界，不過這股熱氣挾帶著某種力量，居然一出來馬上就把防護燒破。老頭公在那瞬間緊急修補，還沒完全重新建立起來，旁邊的五色雞頭就往我肩膀一拍，突然所有熱度都消失了。

「漾~要努力上進才能破壞敵人大本營。」五色雞頭對我說著個人版本的勵志話。

「喔。」

「漾～」

五色雞頭一把勾住我的脖子，直接把我拉過去，壓低聲音：「本大爺覺得你最近反應都不太對，你是不是那個來？」

我在那瞬間眞的體悟到一句話的眞諦——「一起旅行等於同時考驗友情。」

啊不對，應該早就體悟到了，我旁邊這傢伙的考驗結果早就讓人絕望了。

所以我也沒掙扎什麼，乾脆把注意力重新放回火流河。

原本我以爲所謂的河應該是露天或是在某座山谷裡的溪河之類的，但現在仔細一看，雖然我們所在位置放眼看去極爲廣闊深高，不過在極高之處是有頂的，看起來好像是在什麼巨大的洞窟內部。

「火流河就在燄之谷的正下方山體深處。」阿法帝斯看著我，不輕不重地說：「世界有許多生命脈絡與歷史脈流，這就是其中一條，純粹的火焰脈動。」

隨著他的介紹，我聽見了像是火焰噴發或滾動的嘶嘶聲響，但除了巨大到無邊的山體內部，卻沒有看見什麼很像河流的東西，不過內部確實異常火紅明亮，加上那種熱度，整片岩壁都在冒出燙熱的蒸汽，遠處可以看見有些狼隻或站或坐地散落在各個地方。

「我們在裡面。」阿法帝斯沒好氣地提示一句。

「……啊！」我連忙重新抬頭往上看，果然上面也正在冒熱氣，這個地方到處都是那種高溫產生的熱氣。

「之前燒死太多搞不清楚狀況的觀光客了，所以我們齊力使用力量結晶凝聚出不受影響的空間，也方便族人修練，否則原本沒有這個地方。」說著，阿法帝斯轉身拍了下旁側岩壁，被觸碰的壁面似乎對他的動作做出反應，突然一大塊亮了起來，接著逐漸轉爲透明，慢慢變成像是水晶般的透澈，稍微有點厚度的明亮岩壁後方，出現了絲絲火紅流光；有點像岩漿、又單純得像是火焰，總之大量火光在岩壁後不斷流動著。

阿法帝斯瞥了我們一眼，再度抬起手，突然揮出長刀，五色雞頭還來不及反應，長刀已鏘然一聲插進岩壁上，一大圈火焰般的法術圖陣綻開，整個山體內部瞬間撤去了山壁色彩，全都變得透明，周圍景色也在眨眼間改變。

如果不是確定自己是站在安全區域，我一定一秒逃離這裡。

包圍在四面八方、全都滾滾奔騰的劇烈火流，撞擊在透明的岩壁上後激盪出各種彩色火光，整個山體內可以看見各式各樣的火焰不斷猛烈衝擊並侵蝕著牆面，完全可以感覺到火流正在霸悍啃蝕著這一處安全區域，很可能下一秒就可以把岩壁撞破滾衝進來燒死裡面所有的人。

我不知道腦袋空白了多久，不過肯定有好半晌才回過神，因爲感覺到了米納斯的反感；一向不太理我的米納斯竟然會傳來隱約想要快點離開這裡的情緒波動。

阿法帝斯走上前，抽出長刀，一絲火焰跟著裂縫掉落到裡面，隨即我感覺到保護結界被劇烈燃燒，如果不是五色雞頭又走過來搭我，搞不好這次眞的會被燒到。

那一絲絲的火熊熊燃燒了一下，突然原地燒穿了底部，順著燒出的洞又掉回火流裡。

因爲阿法帝斯的法術擋著，所以兩道裂口都沒再繼續掉進火焰，只是整個空間溫度瞬間拔高，我熱到全身都是汗，有種快脫水的窒息感。

背對著我們修復了兩道缺口後，阿法帝斯才轉回身，重新調節內部空間的熱度。

「這裡即使是最微小的一絲火光都能瞬間燒死具有能力的成人。」阿法帝斯緩慢說著：「火流地脈是世界的力量，外來者經常搞不清楚狀況想闖進火流河裡，最後連靈魂都不會剩下。如果不是像燄之谷先天流著火焰血脈，一般種族是不能觸碰純粹力量的。」

……我怎麼覺得聽起來好像有點熟悉？

似乎有什麼東西也類似……啊！我知道了！

時間之流！

那個鬼水滴也不是普通可怕！

就在我有點震驚地思考這兩者還有什麼類似之處時，突然瞄到腳下好像有什麼東西漂過去，從火流裡竄了下，馬上就消失了，快到好像是我看錯。

「火流河裡也有寄宿生命，通常極度危險，別和那些東西對上眼。」大概是留意到我的視線，阿法帝斯轉開頭，懶洋洋丟來一句導覽。

其實他說這句話已經有點晚了，因為就在我仔細想要看看是什麼的時候，火流裡再度出現一隻奇怪的金色眼睛，隔著有些厚度的岩壁正在與我對望。

那顆眼睛至少有臉盆那麼大，所以一出現我馬上就被吸引了，大概幾秒後才意識到阿法帝斯剛剛說了什麼，想要假裝沒看見已經來不及。

地面那剎那震動了下，金紅色眼睛整個迸成四片裂開，露出大翻的獠牙與裡面正在熊熊燃燒的喉嚨，下秒從深處噴出岩漿一般的東西，直接貫穿我們腳下的地板。

所有事情來得很快，一眨眼那隻東西挾帶著大量的火焰整個撞上來，原本降低的溫度霎時不知升高到幾百度去了，我馬上感覺到全身灼痛、連外套都瞬間燒起來，米納斯和老頭公奮力炸出一層層結界，竭力轉出一圈圈水圈，不過根本沒有用，所有的水馬上變成熱蒸氣，反而更燙。

原本離我們有段距離的狼隻急速衝過來，在阿法帝斯擋到我們面前的同時，那些趕來的狼群已包圍巨象般大小的火團，並進行排除攻擊。

阿法帝斯嘖了聲，打開大型結界，我馬上感覺到溫度再度下降，但甩掉外套後手腳都出現燙傷，全身劇痛到不行，費了很大的力氣才沒慘叫。

「你們不要離開結界。」阿法帝斯給我用了幾個治癒法術，接著一拍地面，法陣周圍開始凝結出冰霜，和不斷往裡面侵蝕的熱氣抗衡，維持一個相較下不那麼燒灼的低溫空間，「有點奇怪，有人在阻攔我們離開火流河。」

「來來，大爺去把那個傢伙拖出來！」

五色雞頭雖然看起來好像沒怎麼被影響，不過他的花襯衫上也燒破了一個洞。

「別妄動。」阿法帝斯抬起手擋在五色雞頭面前，不讓他衝出結霜的結界。

就在這短短交談期間，那隻火象已被狼群打散了，所有火焰都掉回火流裡，缺口用幾個法術暫時堵著。

聚集的狼群中走出一名紅髮女人，看起來大概二、三十歲的幹練外表，緊身紅紋黑衣，她直接朝阿法帝斯開口，用本地語講了一連串我聽不懂的話，看樣子應該是在問狀況。

阿法帝斯搖搖頭，用中文開口：「我聯繫木樨和岡茲了，你們今天在這裡有看到什麼嗎？」

女人看了我們一眼，也換成我能聽懂的語言：「就和平常一樣，沒什麼怪事。」

「外面有人布置了隔離法術，現在暫時出不去，能擋住我的人不多。」阿法帝斯說完，自己瞇起眼睛沉默了幾秒，才繼續說：「混帳的後人得優先送出去。」

雖然阿法帝斯之前揍死過我，但現在他的保護舉動突然讓我很感心。

「不然一直浪費力量保護他，會想把他扔進火流河。」阿法帝斯轉眼說出他真實的想法，把揪感的那顆心整個擊碎。

我走！我走就是了！

❀

在冰霜陣法等待的短暫時間裡，火流河中又蹦出一些大大小小的形體，試圖撞破堵洞的法術闖進來，不過很快就被燄之谷的人打散回去。

五色雞頭本來還想衝出去幫忙，不過發現狼群一直合力使用某種外人不能插手的大型控火法術後，他也只能嘖一聲擺著不爽臉在原地坐下。

蹲在裡面觀察那些狼群和火焰互抗，我發現這些狼群也不是泛泛之輩，對抗火流河跳出來的異物非常團結，有一退就有一進，互相補位非常完美，儼然就是一支訓練有素的小軍隊規模。所以在他們的阻擋下，雖然一直有各種奇怪的火焰形體衝出來，但都沒有留存很久，短短瞬間就再度被打散送回去，所以看起來暫時沒有什麼危險。

大概也確定了狼群可以處理那些騷動，阿法帝斯就站在法陣邊上，很專注地不知道在弄什麼東西。

「噗嘰！」

就在我想湊過去看看之際，那隻粉紅壁虎突然從我口袋裡跳出來，整隻蹦到阿法帝斯的左手背上貼著，一雙圓滾滾的眼睛深情款款地看著對方……這見色忘友的小東西。

並沒有把壁虎彈開，阿法帝斯面無表情地盯著壁虎半晌，然後騰出右手，拿了一塊小小的火色小石頭餵給壁虎。

吞掉了小石頭，壁虎又叫了聲，在阿法帝斯手指邊蹭了蹭，然後跳回我身上。

不知道是不是我的錯覺，壁虎的顏色好像變得有點深，沒一開始看見的那麼粉嫩紅。不過也有可能眞的是錯覺，因爲現在整個空間都被火流河和異物照得一片通紅，加上了熱氣更暈染開那種有點迷眩的色彩。

「你們今天打算拆火流河嗎。」

笑笑的聲音從後方傳來，一轉頭我就看見山大王和老婆婆出現在後方，山大王腳邊正好被撞開一個洞，有個食人魚一樣的火焰跳出來，被山大王一把空手抓活魚地塞回裂縫裡，連術法都省了。

「有人在破壞結晶空間。」阿法帝斯迅速走過去說道，然後恭敬地向老婆婆一個行禮。

「喔？難得有你抓不到的傢伙。」山大王挑起眉。

「可能就是你在破壞吧。」阿法帝斯冷冷回了一句。

「乖，你也知道我比你強。」山大王把手放到阿法帝斯的頭上拍拍。

下一秒我就看到那兩個人毫無形象地扭打成一團。

完全無視戰力×2正在自耗的老婆婆揹著手微笑地走過來，笑笑地朝我和五色雞頭開口：

「你們兩個都不是火屬性，在這裡面應該很不舒服，要不要先離開呢？」

想起剛剛阿法帝斯的驅逐，就算我想留下來看也不敢留啊，遲疑地正要開口，五色雞頭已搶先一步搭話了，「大爺混跡江湖從來不逃！」

「嗯，那你們就留在這裡吧，無論發生什麼事情都不要出來。」老婆婆很快地回應了五色雞頭的話，繼續無視我張大嘴愣住的表情往下說：「可不是什麼小事情呢。」

被她這樣一說，我才猛然驚覺來的是兩名座前武士，加上阿法帝斯，實力之堅強，不像一般修破洞該有的陣容。

老婆婆張開手掌，翻手取出了超級經典的木頭法師杖，往旁邊還在鬥毆的兩人走去，順手揮杖往他們屁股揍下去，那個動作實在太理所當然了，致使我整個人愣了一下，阿法帝斯和山大王也完全停下毆打對方的拳頭。

完全顯示自己地位高於另兩人的木樨老婆婆法杖點地，和緩地開口：「果然是那位還不死心的存在吧。」

「狼神都懶得清他，還不覺悟。」山大王抓抓後腦，嘖了聲，「看來意思是要我們在這裡解決。」

阿法帝斯很恭敬地站在老婆婆身邊，沒有說話。

「小阿法，你要留心我們的客人，他們在這裡也好，送出外面可能會引起混亂，狼神不希望發生這件事。」老婆婆微笑地看了我們一眼，接著向前走了幾步，法杖再度觸地時，整個地面拉出金紅色的火焰圖陣，氣勢極強，連我們在冰霜結界裡都可以感覺到那個陣法燃燒起來的猛烈熾熱。

「小阿法，乖乖後備喔，大事交給大人做。」山大王學著老婆婆的語氣調笑兩句，被阿法帝斯用力踹了一腳，大笑著走到另外一邊，抬起手十分豪邁地彈響手指，甩出個巨大黑紅色圖陣貼到正上方，暗色流火順著繁複的陣形線條奔騰著，給人一種危險恐怖的壓迫氣勢。

兩個蘊含強大力量的法陣張出，原本一直被火焰異物衝撞出裂縫的結晶空間瞬間穩定下來，全部破洞都被堵住了，連一絲火焰都竄不進來，內部溫度與失控的力量瞬間得到調節。

停下驅逐火焰動作的狼群們這時全都退到後方，三三兩兩湊成一小群，打開了各種較小的陣法，似乎開始進行另外一種工作。

就在內部空間逐漸穩定的同時，與我們有些距離的方向隱約浮現出一種紫紅色的圖案，那種紫紅色很混濁，讓人看了有點不太舒服。

「藏在那裡啊。」山大王瞇起已經沒有笑意的眼睛，然後朝那邊甩出一道法術。接著，有條黑影從紫紅色圖案中被逼出來，一道火焰追著他燃燒，很快把影子逼到我們可見範圍內——是一匹黑棕色的大狼，體型不小，和剛才的巨象有得拚。

「欸？這傢伙不就是四眼田雞他哥趕走的那隻嗎？」坐在一邊已開始啃零食的五色雞頭挑起眉。

「夏碎學長趕走那隻？就狼神給你們東西去趕的那個嗎？」我沒想到狼神要他們去處理的對象居然會出現在這種地方……說起來，我也不知道狼神到底想做什麼就是。

「對啊，就那傢伙。」五色雞頭舔著唇，興致勃勃地盯著那隻低低咆哮的大狼，「本大爺那時候就覺得是個好玩的，可惜逃走了。」

「狼神要你們去趕的？」站在我們附近的阿法帝斯皺起眉，看過來。

「你不知道？」我有點意外，因爲從剛才老婆婆和山大王的話聽起來，他們很可能知道狼神的意思，還以爲阿法帝斯也知道。

阿法帝斯沒回答我，把視線轉回大狼。

「宗道魁，狼王、狼后看在你活這麼久不容易的份上，千年來都沒刁難你，你幹嘛還一直不死心啊。」山大王偏頭看著憤怒瞪視所有人的大狼，說道：「這個時代已經不是征戰年代了，燄之谷早都退居世界之外，老實點養老吧。」

大狼朝山大王吼了幾聲，音量大得內部空間都震盪起來。

然後，一種非常奇怪的聲音突然出現在我腦袋裡，應該是我聽不懂的語言，但我卻明白意思了；旁邊的五色雞頭也露出極度不爽的表情，看來他也被傳到聲音，附近的狼群、阿法帝斯也都臭臉，估計是全體接收。

那是中年人非常低沉的聲音。

「女王才是燄之谷眞正的主人，那兩隻是竊黨。」

山大王挖挖耳朵，「又在說這種屁話了，你不煩老子都聽煩了，那隻輸給狼王大概有一千次了吧，狼王陛下當年可是獨身就打翻你們這些反叛魔黨，你們還有什麼資格提起這件事。」

大狼又咆哮了聲，「如果不是那兩隻竊黨的陰險動作，女王怎可能會輸！」

「輸啦，還輸到墮落變鬼族……唉呦為什麼還要讓老子想起這件讓人抓狂的事。」山大王煩躁地搧搧手，「懶得講她，一講就火氣大，火氣大老子就想磨牙齒，把你咬死對狼神不好交代。要打快上，你應該也不是只有自己躲進來吧，都被狼神鎖定了，快快把你的那些狗黨都叫出來，老子一次解決。」

才剛說完，大狼後方陸續出現十幾隻看起來一樣氣勢洶洶的狼，每隻看起來都非常不友善，而且力量感很強；本來我還想看戲，現在卻有點擔心了，雖然我也想看山大王他們被打得亂七八糟，但是這個要用性命去看，所以還是別了吧。

「沒到齊嗎。」山大王嘖了聲。

「肅清到現在，還是有不少呢。」老婆婆笑笑地說著。

站在另一端的大狼慢慢地轉化，最終原地出現了一名看起來超級嚴肅的中年男人，「你們兩個少廢話，燄之谷就是在他們兩個手上敗落，如果不是什麼少主交易那檔子事，燄之谷這千年來的發展會成為如何，你們不知道嗎！」

「大概會幹上更多種族，然後每天打架。」山大王還真的回答給對方聽，「和現在差不多啊，雖然是打自己人，也是每天打架。」

「我們會成為世界大族啊！」中年男子怒吼了。

「喔，應該是。」山大王很受教地點點頭。

「是絕對是，燄之谷本來有機會成為世界大族，而不是畏首畏尾地躲在歷史之後！」中年男子朝山大王咆哮，重低音在空間中沉沉迴盪，「燄之谷毀在你們這些人手上！還有那個與精靈混種的異血子！根本沒有必要因為那種無價值的存在犧牲燄之谷的地位！無法擁有我王族純正血統的混血，捨棄也無所謂！」

聽到這邊我有點聽不下去了，一股火直接從腦子裡冒出來。

「米納斯。」

抓住幻武兵器，我毫無猶豫地迅速裝填特殊子彈。

「慢著。」阿法帝斯抓住我的手，「燄之谷不需要外人出手。」

「我才不是為了燄之谷！」

我甩開對方的手，沒想太多直接頂了回去。

「我是為了我學長！」

第七話　潛伏的叛黨

「呦，混帳的後人也算是有點骨氣。」

山大王回頭瞥了我一眼，「不過這種場面，讓你這小輩來出手就太丟我們的面子了，等老子把這些傢伙拿下，你再慢慢去補刀吧。」

你才喜歡去補刀。

「別搗亂。」阿法帝斯皺起眉，臉色有點黑。

「別瞧不起本大爺的僕人啊，要殺你們還是夠的！」五色雞頭立刻跳出來。

不不不不不不！殺他們絕對不夠，拜託你別讓他們興起突然撲過來殺我的念頭啊啊！

還沒搗住五色雞頭陷害我的發言，前面已經爆發激烈衝突，毫無預警地直接從空氣中爆開巨響與大量各種顏色的火焰，火捲到我們之前便被冰霜結界擋下，站在結界外的阿法帝斯一點都不畏懼這種可以把十個我燒成灰的烈火。

我看他被火燒到都沒事，突然驚覺那個園丁雷劈不死，可能就是因為他們不怕火和高溫。

但是園丁防王水到底是什麼道理！我還以為王水可以通殺啊啊啊啊啊啊！

所有狼隻都被捲進熊熊燃燒的火圈裡，因爲火焰阻隔了視線，外加刺眼得讓人無法久視，我只能聽到裡面傳來各種爆炸聲，還有很像大型煙火噴上去爆開的節慶聲響，完全看不見裡頭打成什麼樣子。

就在我想找個辦法確保視線，站在冰霜結界邊上的阿法帝斯突然揮出長刀擋下爆衝過來的巨大黑狼，帶著熊熊烈焰的大黑狼張開比阿法帝斯半個身體還大的嘴巴朝他的臉噴出黑色火焰。不過火焰並沒有燒掉他的臉，而是全數被阿法帝斯半張的嘴巴吞食吸收。

下一秒，阿法帝斯直接朝對方喉嚨回噴出白炎，把大黑狼燒得一陣嚎叫，整隻往後退開。

「混合了精靈炎術的外族味道不錯吧。」阿法帝斯舔舔唇，露出蔑視的冷笑。

不知道阿法帝斯是記恨剛剛的話還是精靈法術的確可以傷害這種炎狼，總之大黑狼有點忌憚地吠了兩聲，往後跳回混亂的火焰裡隱藏身影。

「漾～」

「？」

五色雞頭突然一把拽住我的領子，「抓好本大爺！」

「啥？」我愣了下，還沒反應過來，人已被巨大力道往後拖，幾乎同時，我們的正下方完全崩裂，連冰霜結界也被波及迸出裂痕，劇烈地搖晃起來。

我被按在仍正常運行的結界陣上，五色雞頭伸出爪子抓住撞進來的一團火焰丟遠，接著張開大大的翅膀覆蓋在我們身上。

地面崩潰那秒，我在刺眼的火流河裡看見一張火焰組成的女人臉，隔著結界花紋衝著我微笑了下，瞬間又散開；取而代之的是強烈的熱浪撲面湧來。

冰霜結界發出劇烈的碰撞聲響，雖然沒有火焰闖進，但上頭已出現幾條細細裂痕，看來火流河的力量應該輕鬆就能把這裡給撞碎。

阿法帝斯立即出現在我們附近，揮出長刀砍散了下一波襲上的黑紅色火焰，同時砍開藏在裡頭、像是小狗般的火焰型生物。

火焰生物並沒有因爲被砍成兩半而消失，反而憤怒地朝著阿法帝斯吼叫。

這該叫什麼？火流河的水滴、火滴？

「自己當心點，落進火流河會被吞噬時間。」阿法帝斯看了我們一眼，「叛黨引起火流騷動，現在外來者一點動作就容易……」

「小心！」眼尖地看見阿法帝斯身後不遠處冒出一團很不自然的黑紅色大火，我下意識喊了聲，旁邊的五色雞頭動作更快，直接把阿法帝斯拽進冰霜結界裡，恰恰好避開射出來的好幾支箭。

那種箭看起來好像是鋼還是鐵之類的材質，總之不是法術類型，而是眞的實體箭，被射到估計就算是山大王也會受傷。

阿法帝斯立刻回身揮出長刀打落第二波射來的鋼箭，那些箭竟然直接射進冰霜結界，同時帶動火流河對結界的破壞速度，「岡茲，菲力特也是叛黨！」

他揚聲朝火焰喊的時候又來了第三波，而且這次攻勢更猛，幾乎是從四面八方射來箭支。阿法帝斯和五色雞頭馬上默契十足地各自擋在我前後阻止攻勢，但箭太多了，還有出現遺落，其中一支在釘上我腦袋前叮的一聲突然歪掉，我看見和鋼箭一起掉進火流河被吞噬成灰的是幾乎不引起人注意的透明小珠子，眨眼間連一絲痕跡都沒剩了。

我甩甩頭，趕快從背包裡找出幾發子彈塞進米納斯槍身裡，正想擊發時，不知哪來的小珠子突然輕巧地打偏我的槍，還沒反應過來這是什麼意思，阿法帝斯已騰出一隻手抓住我的手腕，「外來者在這裡發動大術只會引起火流河的漣漪波紋加劇，你別動。」

被他這樣一說，我這次眞的不敢亂動了。而且加上剛剛那兩次的出手，我突然意識到這地方的危險程度和影響肯定超乎我想像，不然「他」是絕對不可能突然幫忙——雖然我覺得陰影事件後他應該已經對我們改觀了。

「菲力特！出來！」因爲沒有得到山大王或誰的回應，阿法帝斯判斷其他人暫時打得火熱無暇援手，直接開口：「我知道你們想要什麼，再不出來我就毀了其中之一！」

似乎對這種簡單的威脅起了反應，奔騰的火流裡漸漸浮現出身影，是人類的形體，看起來也是個肌肉男的火焰人輪廓。

火焰人看了看阿法帝斯，又看了看我們，發出冷冷的嗤笑聲：「妖師一族如此軟弱不堪。」

你錯了，其實只有我軟弱不堪，我是例外。

但我這次就不想反駁了，嘿嘿嘿地在心中冷笑著等他們以爲妖師一族都是軟柿子，然後被妖師首領幹掉當肥料。

當時然他們可以隻身去滅了人家的據點，一定是軟弱不堪的超級相對詞。

「混帳的後人確實都很弱。」阿法帝斯冰冷的臉也勾起陰險的弧度，「但這個不是你們要的人。」

「那麼少主何必一直跟在他附近。」火焰人森森說道：「就算很弱，但他也是『可能性』。」

現在我很想發問了，我總覺得他們在講的事情好像和我有關，但是阿法帝斯把手按在我的肩膀上，顯然是讓我閉嘴。

「你們兩個在講什麼陰謀！」完全不打算閉嘴的五色雞頭立刻爆，「陣前通敵是死罪！」

「……閉嘴。」阿法帝斯沒好氣地送他兩個字。

「本大——」

我立刻抓住五色雞頭，後者給我一個「大爺看在你面子上」的表情，就這樣安靜了下來。

「你原本是公主陣前的武士，我竟然沒看出來你也是叛黨。」阿法帝斯慢慢皺起眉，對於眼前人的舉動有些不解，「但是你很忠心……」

「那都是多久以前的事了，千年前，看清楚現況吧，阿法帝斯。都已經過了那麼久的時間，公主早就是過去的歷史，不存在我們生命裡了，再記著那種事情有什麼意義；更別說時間如此久，很多人早就逐漸忘記，你還能記得她多少事。」

「宗道魁說得對，燄之谷原本應該是世界大族，不應該白白浪費千年的時間窩在這種地方等死。我們曾經都是戰士，討伐過大大小小的戰爭，戰無不勝、從不向敵人低頭，現在卻得在這個地方將漫長的生命耗盡，我已經不想再忍了。」火焰人語氣有些嚴肅，但同時帶著想說服同族的誠懇，「燄之谷忍了千年，夠了，不管是誰的犧牲都足夠對得起公主了，妖師一族的人已送至我們面前，這就是命運的指向啊。現在我們必須要為自己想想，重新建立起燄之谷的新時代才對，燄之谷的世界宿命並不是窩囊地躲在這裡老死吧。」

「那麼除掉你們這些叛黨也很理所當然。」並沒有被族人說動，阿法帝斯冷冷地開口：「撕碎邪惡也是我們的種族使命之一。」

「你覺得我們是邪惡嗎？」火焰人的話裡出現了戲謔的語氣，「這世界，誰是黑、誰是白？」

「等我把你揍成豬頭後，會有專人陪你辯論。」阿法帝斯回答：「我才不在乎立場，辜負公主心意的人都得死！」

下一秒，阿法帝斯出現在火焰人面前，對方估計沒想到他真的說打就打，毫無防備，直接被一拳揍進火流河裡，濺出的火焰瞬間化成各式各樣的形體全撲上火焰人，立時將他捲進熊熊火焰奔流之中。

……

公主控啊，極端公主控！

難怪他會如此愛護學長！

我抖了下，深深覺得真的不能再得罪阿法帝斯了，這人的千年執念和海溝一樣深啊！

打完人，阿法帝斯回到陣法內，先修復冰霜陣法，接著加固，再度隔絕了蹦進來的大小火絲。

差不多同時，我們四周的火流與爆炸聲漸漸穩定下來，逐漸有火團成形，最先出現的是山大王，他手上掐著兩隻大狼，在我們旁邊開了個結界，把已經失去意識的狼扔進去。陸陸續續其他狼隻也扔入捕獲的叛黨，最後老婆婆微笑地走進來。

「被宗道魁跑了，不過抓了這麼多隻，他身邊應該沒剩多少。」老婆婆有些可惜地搖頭，「可真精明，看狀況不對就順著火流河的流勢逃走；但潛入深層脫逃，對他的傷害也會很大，得好好安分一陣子了。」

「菲力特呢？」山大王跳到我們這邊，看看阿法帝斯問道。

「我將他揍下去時綁上了束縛，沒被燒死應該就在裡頭。」阿法帝斯很不以為然，「先燒掉他幾百年道行再拉上來。」

「與狼神預料的一樣，他們果然會忍不住出手，剩下的就交給我們處理吧。」山大王拍拍阿法帝斯，然後轉看向我們，「差不多該把混帳的後人送回去了，這次觀光還不賴吧！」

「……不賴到我覺得好像被當餌了。」我回看山大王，他臉上一點動搖都沒有。

「本大爺也這樣覺得，你們燄之谷到底在幹嘛！」從頭到尾沒出過幾次手的五色雞頭看起來比我還不爽。

「這件事狼后已經告訴過藥師寺家的少主，你們回去好好聊聊吧，火流河對外族有影響，還是不要待太久比較好，時間一拉長會開始燒除外來力量。」老婆婆笑笑地打斷我們的交談，和藹地說著：「先離開再說吧。」

確實感覺到身體越來越疲憊，我和五色雞頭對看一眼，只好先打停追究。

「阿法帝斯。」

正要把我們轉移離開時，山大王突然叫住阿法帝斯。

雖然不是在叫我，但我仍下意識跟著看過去，然後看見山大王極其嚴肅的表情。

「不准再拿『那個』作爲威脅，這是命令。」

阿法帝斯冷哼了聲，沒回答，啓動陣法帶我們離開火流河。

❀

燄之谷內依然和先前一樣。

似乎眞的沒有發現火流河內的騷動，路上行人打架的打架、交易的交易，聊八卦的還是繼續聊八卦。

「火流河裡發生的事情對外是封鎖的，別亂說。」阿法帝斯回過身，看著我們兩個，「還有要去哪裡嗎？」

「那些人是不是和黑暗同……」我話還沒說完，阿法帝斯突然勾住我的脖子，一踏地面，瞬間我們全部回到招待所的大廳裡，接著我才被丟到旁邊。

「說話看場所。」阿法帝斯遣退了附近的侍者、守衛。

就在這時，夏碎學長從裡頭的房間走出來，看到我和五色雞頭有點狼狽的樣子似乎不意外，只微笑著先和阿法帝斯打過招呼。

「夏碎學長……」擠出哀怨臉看著據說已經被打過招呼的人。

「小亭，準備一些茶點來吧。」沒有第一時間回應我的怨婦臉，夏碎學長相當從容地先吩咐身後跟著蹦蹦跳跳出來的小女孩，然後才悠閒地走過來坐在大廳椅子上。

看他這樣子，我也只好跟著坐下來，一邊的五色雞頭抱怨了兩句，大概也拿夏碎學長沒辦法，跟著坐了。

估計是沒事了，阿法帝斯懶得繼續和我們打交道，和夏碎學長說了幾句，便快速離開。他前腳剛走，小亭後腳跟著端上許多精緻的茶水點心，還拿走自己的那一份很快樂地跑回夏碎學長身邊吃了起來。

等夏碎學長拖完這一連串動作的時間，我才看到他好整以暇地開口。

「燄之谷一直有內鬥，剛才你們應該看出來了。」夏碎學長微笑地講出人家的種族機密，「不過千年來一直被壓制在檯面下，並沒有浮出檯面上，近期因爲種種事件發生，讓一些有野心的人再度興起製造風波的念頭和動作；狼神與狼王、狼后留意到這點，上回『他』回來時，狼王除了替『他』調整了力量，同時也在第一時間處置掉當時興起的威脅。依照狼后所言，就在我們到達前不久，也就是『他們』失去下落時，狼王才在六界外封閉一個差點貫穿燄之谷的幽冥走道，在燄之谷完全不知情、也沒記錄進歷史的狀況下，隱藏身分隻身擊殺當時從獄界攻來的一些妖魔貴族；因此對外宣稱閉關，實際上是正在修復燄之谷被連結上的那些損壞處。」

我一時沒反應過來，因爲我以爲夏碎學長會先東拉西扯一些前言，哪知他完全不講廢話，瞬間講完了重點，過了幾秒後我才消化掉所有訊息。

「這點只有座前武士們與狼王、狼后心腹才曉得。」夏碎學長露出一個今天只要這些話傳出去，我們就會馬上被殺光光的友情提示微笑。

「哼哼，也不過這樣嘛，居然這麼容易被蓋走道，本大爺還以爲是多厲害的歷史種族。」在人家契里亞城底下挖了三百條密道的五色雞頭很不以爲然地咬點心。

夏碎學長笑了笑，「其實也不是這麼容易，主要是燄之谷中留存的叛黨有不少人曾參與過千年戰爭，自當時活至現在當然不容小覷；那位阿法帝斯也是，我想他的眞正實力遠比我們學院中大部分師長還要高很多，並非像昨晚看見的玩耍那麼簡單。」

昨晚他是拿我的命在玩啊喂！

一想到這件事我又有點臉痛了。

「叛黨一直反對燄之谷『少主』的事情，所以千年來動作頻頻，為了不讓他們煽動更多人，狼王等人都將事情壓在檯面下處理。」夏碎學長補充了句：「我聽說狼神有一個分身專門在監控這些人，所以昨天他才要我們這些外來者去掀動叛黨。據聞近期他們與尾隨到附近的黑暗同盟有聯繫，現在妖師出現，他們肯定會想出手看看，試圖依照黑暗同盟的思考將妖師一族拉入夥吧。」

我看也是，不然怎麼那麼剛好突然就在火流河冒出來。

不過這個燄之谷居然經過千年都沒把叛黨處理掉，到底是什麼原因呢？

算了，還是不要問好了，感覺又是一個會被殺很快的問題。

「狼后擔心叛黨可能會跟隨上『他們』下手，但目前還沒得到相關情報，要我們一路上多加注意。燄之谷雖然不能涉入歷史，不過依舊有些人能在路上幫忙我們，基本上進入綠海灣應該不成問題。」

看著已經把接下來的行程安排好的夏碎學長，其實我很想知道他還和狼后談了哪些，也想知道學長等人先前在燄之谷的狀況，但是夏碎學長簡短地告訴我們叛黨的事情之後似乎就不打算開口了，只維持著溫和的微笑臉，讓人想問也不知該怎麼問。

這種臉跟強力膠封口是等號啊！

和我比起來，旁邊的五色雞頭顯然完全對這些事情不感興趣，東西吃完就在打哈欠了。

夏碎學長看了看外面天色，開口：「我們明天一早離開燄之谷，如果你們還有什麼事情，要抓緊時間了。」

一聽到這句話，五色雞頭馬上跳起來，「大爺要再去競技場繞繞，漾……」

「再見不送，我想去圖書館。」

看來圖書館對五色雞頭比較有殺傷力，他一秒就跑了……我決定以後他如果在學校想帶我去哪裡死，我都要告訴他我要去圖書館，順便約他一起去看書！

與我一起目送五色雞頭的消失，夏碎學長重新把視線放回我身上，「你有什麼事想查的嗎？」

「……就那場戰爭。」我停了下，有點不太好意思，「和妖師的戰爭，我想看看燄之谷這邊的記錄。」

「詳細的情形你在一般圖書館中查不到，燄之谷不會將深入的記錄放在外族人也能查閱的地方，或許你可以碰碰運氣詢問岡茲等人，說不定他們願意幫忙。」夏碎學長好心地提示我這個方法。但其實我也猜得出來，他們八成不會願意幫忙妖師一族去看機密資料，更別說我根本就是個陌生人，這個方法估計是不能用了。

不過我還是先向夏碎學長道謝，這樣我可以省時間去找大量的記載，先看看普通的記錄也好，總是能有點什麼。

「這個你帶著吧。」夏碎學長從口袋拿出一顆黑色水晶，上面印著金色小圖騰，「這是我在製作小亭時使用的其中一個改良術法，雖然只能使用兩、三次，但我想能協助你辨認些許燄之谷的書籍文字……畢竟燄之谷是古老種族，大部分記錄必定都使用自己特有的種族語言。」

被他這麼一講我才驚覺這件事，今天在公主神殿還真的很多都看不懂，少數有通用語言的勉強可以辨認，剩下的就是看圖說故事或是好心路人講解了。

但是夏碎學長又是怎麼可以製作人家文字解碼的術法啊？

學長教的嗎？

默默收下水晶，我決定不要去深究這個問題，感覺答案好像很可怕。

於是，在夏碎學長關懷的微笑下，我夾著尾巴退出招待所。

※

找到圖書館時，天色已經開始暗了。

我在路人的指引下，費盡千辛萬苦差點走斷兩條腿，好不容易找到被蓋在很偏僻山丘上的超大黑石建築。這座建築看起來年代久遠，規模不小還很壯觀，光是一個大門口就霸氣得讓人覺得巨人通過也綽綽有餘，矗立的大門和兩邊排列的石柱上刻滿各式各樣的敘事圖騰，如果不是因爲想要找記錄，我還眞想趴在柱子上好好把這些東西看個仔細。

在學校時已經接受過學校圖書館的洗禮，所以要踏進燄之谷的圖書館前我其實做好了會看見各種東西的心理準備，然而實際進入後還是驚訝到了。

因爲太平凡，讓我太吃驚了！

眼前所見是很像我們那邊那種世界大圖書館的感覺，不過是古代版的大圖書館，所見之處全部都是各種書櫃、收納卷宗專用櫃，以及各式各樣的保護間；幾條走道延展進去，內部深處也都是書冊資料，排列規劃得非常整齊壯觀，壁畫雕刻也做得相當嚴謹，配置用色上呈現一種能讓人三秒變優雅的淡淡幽靜感，直讓我呆在入口邊，愣愣地沒馬上踏出第一步。

還以爲燄之谷的圖書館也是競技場呢……

我懂了！

這一定是僞裝！肯定是僞裝！

燄之谷怎麼可能把他們的圖書館修建成這種樣子呢，八成是又要拿來騙外人的假象！

「圖書館是眞的喔。」

身後突然傳來的聲音把我嚇了一大跳，因爲那麼靠近了，老頭公竟然沒發現，更別說警示。我整個往前跳，回過頭才發現是木樨老婆婆。

「阿法帝斯說你的臉很容易透露心事，果然沒錯。」老婆婆用和藹可親但讓我覺得很險惡的溫和表情說道：「怎麼站在這裡不進去呢？」

「……要進去了。」慢慢往後退兩步，我左右張望，沒看見山大王或阿法帝斯。

「岡茲還在清理火流河，濺起的漣漪不好好處置會釀成大災；阿法帝斯去修補結晶空間，不介意的話讓我這老狼陪陪你吧。」老婆婆慢慢地邁步走進來，「想找什麼資料呢？」

原本想說要找千年戰爭的相關記載，但是我猛然意識到木樨的出現很可能是不讓我自己一個人到處閒逛……那妳就應該在我爬山來圖書館之前出現嘛！走死人了！知不知道圖書館蓋在這種鳥不生蛋的偏僻山上是種報復社會的行爲！

總之，我突然改變想法，想想才開口：「火流河的事情，有點想查看看。」

老婆婆頗具深意地看了我一眼，然後笑笑地沒特別說什麼：「也是，外族通常最好奇純屬地域內的事物。」她說著往前走，我連忙跟上。

「純屬性區域下面都有像這樣的脈絡嗎？」既然話題帶到這邊了，我便直接順著問下去。

「大多會有，但一般種族無法住在純屬性區域，這類區域也稱爲凝聚之地。例如火流河，除非像燄之谷或是精靈的焰瞳一族這樣先天擁有火焰血脈的才能靠近或加以使用，像你們這樣的外來者，雖然短時間內不會有太多影響，但長年下來會一點一滴慢慢被火流河的焚燒之力吞噬，屆時發現異狀已經來不及，嚴重甚至會影響、毀滅整個部族。」老婆婆回答著：「配合屬性尋找居住地是相當重要的一件事，不過現在凝聚之地已經不多，這些脈絡經歷過很多破壞，或是隨著時間掩沒於世界的更深處，要尋找是不容易了。」

我想想，繼續詢問：「那是不是沿著水系的這種脈絡能夠找到純水凝聚地？」

「沒錯，很久以前我知道有一個水族的凝聚之地，他們看顧著巨濤奔流，那是一條集聚純水力量的世界奔騰長流，十分危險。不過這已經是非常久遠的事，伏水一族消失很久了，在你們所知的鬼族戰爭之前就已經沒了。」老婆婆露出感慨的表情，似乎這件事讓她回憶起某些久到已經記不太清楚的過往，「伏水比燄之谷還早消失在歷史之後，即使他們曾與燄之谷實力齊頭，卻連後代都看不見了。」

「唔……」我抓抓頭，在心中嘆了口氣。

「你想找純水領域？」老婆婆收起懷念的神色，笑笑地問。

「嗯，我有個朋友需要水精之石，雖然已經集齊了，不過想說如果還有水之地，多少可以再幫他找一點。」儘可能多找些，說不定可以更完整地幫上伊多。現在不知道先見之鏡修復得如何，我想著回去應該問一下。

「那位水之妖精的事我們也知曉，不過燄之谷是相對力量種族，很遺憾暫時幫不上太多。」老婆婆走進一間大書室，在黑石雕琢的書架前停下，然後敲敲書架邊緣，幾本書輕飄飄落下來，飄浮到我面前，「世界脈絡在各大種族中都可以查找資料，我想你比較需要燄之谷對於鬼族戰爭的記錄。這是中文版本，很遺憾我無法開放機密書庫，我們還不明白你的心性與你將來的走向。」

我連忙接住書本，然後眞心地向老婆婆道謝。

木樨老婆婆依舊是溫和的微笑，「你慢慢看吧，圖書館也在我的管轄之下，有事情喊我一聲就行了。」

目送著老婆婆離開，我走向窗邊的閱讀空間。

這裡的坐位布置得很舒適，直接在窗台上放著毛茸茸的軟墊與好幾個軟硬適中的靠枕，坐上去之後，從窗外飄來絲絲淡淡清香。

深深吸了口氣，我翻開書本。

※

對於千年前那場戰爭，一開始我所知的都是從精靈族方面看來。

不論是三王子、精靈種族與各式各樣的參戰部族，連三王子那些記憶也都是從王子的角度窺見。

翻開第一頁，我看見的是個有點狂野的狼腳印，爪子邊緣還有點勾破的痕跡。

……爲什麼是狼腳印不是書寫者簽名？難道燄之谷簽名都是蓋手印爲主嗎？

也不是不能理解啦，可能獸王族比起名字，更喜歡蓋專屬印子。

接著再翻開下一頁，我的眼神瞬間死了——

翻譯成中文版本十分麻煩，不好好讀完，當心老子的腳踹在你臉上。

——記錄者　孟爾跋拓羅

嗯……

默默地繼續把書翻到下一頁，我決定忘記剛剛看見的腳印和文字。

與那枚狂野的腳印不同，書寫的文字意外地整齊漂亮，說眞的，如果不是一開始的那枚腳印和前文，我還會幻想記錄者可能是隻超級氣質文雅的狼，現在我只覺得文字果然會騙人，就算他寫得多麼端正美麗，本人還是有很大的機率當山大王。

咳了聲，我認眞讀起記錄。

才剛看了幾頁，突然有點訝異地發現，這個燄之谷雖然說是欣賞當時的精靈聯軍而前往協助，但記錄上，處於東方地域的燄之谷其實一開始便已在討伐鬼族，而且是有目標地追緝某些鬼族，但幾本書上都沒有說是在追緝哪些特定鬼族。

精靈軍大戰前，耶呂雖然頻頻有小動作，但位置是在西方世界，東方區域這邊反而是另外一個鬼族黨在亂世。身爲戰鬥力極強又揹負種族任務的大族，燄之谷在各個部族求助下不斷派出兵力，耗費許多心力在清除這些四處襲擊小種族的惡鬼身上。

過程中，惡鬼王族與同盟的妖魔曾幾度打開幽冥走道，狼王與狼后、第一公主偕同聯盟種族快速封閉這些通道，所以才沒有出現太過嚴重的災禍。書上也特別記載曾有過幾位伏水的後人前來，這些後人在一次毒水蔓延的幽冥走道中和鬼王正面衝突、不幸殞落，之後伏水部族便徹底消失在歷史之中；而這個毒水走道的鬼王隨後被狼王擊殺，並引來火流河的力量燒燬整條幽冥走道，同時將裡面的鬼族、妖魔燒得連一點灰都不剩。

查找了書裡伏水相關記載，上面並沒有特別標示出伏水部族眞實的樣子，文字敘述也就僅有「善於控水的水族」這樣的描述，反而是剛才老婆婆說的還比較多，看來得等以後有時間再來找看看相關資訊了。

幽冥走道全數關閉後，那些被擊潰的鬼族四處逃散，沒多久，精靈聯軍捎來消息，隨即由公主發起號召，帶領許多戰士前往精靈那邊的戰場，同時沿路清除鬼族亂黨。

後面的故事就和精靈那邊的差不多……應該說，我覺得這些普通版本可能都串通過，刪掉很多該族的機密敘述，然後統一做個大概的版本，只是換個方向來看這場戰爭，以及這些戰爭後來在世界各地遺留下怎樣的影響。

當然，這上面對於妖師的記錄就超級不客氣，直接用黑色惡族來形容。記錄者直接在敘事旁邊的空白處補充自己多討厭妖師的感想——「即使是黑色相對、遺忘自己的任務，也不應該這麼混帳。」、「當時陣前武士應該把妖師掛在樹上蒸發水分。」

我覺得我好像知道那個混帳後人的暱稱是從哪來了。

不過看樣子，這個記錄者知道妖師一族原本的使命？

嗯，畢竟是古老的世界大族，當時有人知道沒什麼奇怪，更別說是記錄者，估計多少通曉許多已經被世界遺忘的事情。

將手邊幾本書看完，我稍微整理一下，才發現時間已是深夜，外頭的天色超黑，看書看到都忘記時間了，還好這幾本都不厚，後頭有些我早知道的事就跳著看，節省很多時間，不然看到天亮都看不完。

正要離開座位，我突然注意到窗戶外站著一道身影，原本離我有點距離，大概知道我發現他，那條人影便往窗邊靠來，很快露出面目。

是個我完全沒看過的陌生中年人，很有燄之谷的魁梧樣，披著黑色斗篷，全身散發非常戒備的緊張氣息。

「誰？」我按著米納斯，瞇起眼睛。

「我們今晚要撤出，妖師的後人，這是你最後一次機會。」毫不拐彎抹角，中年人立即直奔重點。

「不用了謝謝。」我也很誠懇地和他一起奔重點，「我深信歹路不可行，有人會踹死我。」

「如果妖師後人忌憚的是隱藏在黑暗中的監控者，我們能夠替你抹殺。」中年人誠懇地提出交涉，「你來，所有的事都不用擔心。」

「不，我很擔心，那不是你可以對付的對手。」先別說學長多麼凶殘，我完全可以預測到如果他們動了學長，阿法帝斯就會第一時間衝出來，然後整個燄之谷會不顧什麼約定直接衝出來；既然燄之谷衝出來，恐怕冰牙族也會衝出來……我還沒和冰牙族正面交流過，但我覺得他們八成沒有比燄之谷好到哪裡去，接著眼前這些人就會被華麗地滅團，「你要嘛就自己請，我是不會幫忙的。」

我想好好活著，不想被打殘地活著。

「哼，不過一個落單者。」中年人很不以為然。

……

等等！

落單者？

我猛然驚覺這個人指的是明確目標的個體，會監控我的也只有一個人，他們竟然發現重柳族的存在？

「你怎麼知道是落單者，說不定是一個團體。」我用力地掐大腿，盡量讓自己表情看起來冷靜……或是抽搐，反正不要被發現我有驚到就是。

「即使力量強大，也不過是個年輕小輩，菲力特刻意朝你射箭時，因爲落單者過於年輕所以忍不住出手，我當然馬上鎖定隱藏的傢伙。」中年人很不以爲然地冷哼。

看來我得找個時間和重柳族溝通以後不要救我……不對，我希望他救我啊啊啊啊！萬一哪天真會死，我好希望他可以救我啊你們這些可惡的渾蛋！

就在我糾結著以後的生死問題，還想遊說我的中年人突然停頓，像慢動作般，抽搐了兩下，白眼一翻，直挺挺地往地上倒下。出現在他身後的是那隻常常跑去我房間看電視的藍眼蜘蛛，蜘蛛悠悠哉哉地晃到中年人身上，接著爬到他臉上，最後停在腦袋上，散發淡淡的微光。

……我想重柳族已經自己處理完被發現的問題了，這蜘蛛如果不是在洗腦，就是準備把這人變成腦殘；按照他的手法，估計會馬上去把可能發現他的人通通拔出來洗，不用擔心了。

這血淋淋的例子就是說，別瞧不起年輕人，特別是擁有強大力量的年輕人，人家放個蜘蛛就能殘掉你，還讓你死得不知不覺。

默默關上窗戶，我滿懷安心地離開圖書室。

該回去休息了，明天還要趕路呢。

第八話　尾隨上來的人們

本來想說自己得再爬下山走回招待所，不過一離開書室，木樨老婆婆便已站在外面，微笑地等著我。

不曉得她有沒有發現窗外的動靜，但她既然沒講，我也就沒主動開口。

「送你回去前，你介意繞去個地方嗎？」老婆婆走過來，動作輕柔地幫我拉順上衣綢褶，很友善地詢問。

我看她也不像要把我拖去火山口踹進去之類的，不自覺便點頭了。

領我出了圖書館，老婆婆把我們轉移到一個讓我很眼熟的地方。白天時我就來過了，是紀念公主的神殿，現在神殿花園裡已沒什麼普通族人，只在幾處站著守衛，偶爾會有巡衛路過，非常恭敬地向老婆婆行禮。

老婆婆在我身邊拍了幾下，好像用了什麼法術，接著才帶我一路走進內部的主殿，就是白天我看到有著公主塑像的地方。

遠遠的，我一眼便發現公主塑像前站著人，這讓我立刻停下腳步，不敢再繼續走過去，就怕多走一步都可能打擾到對方。

不知站在塑像前多久的阿法帝斯很專心地瞻仰著公主，像是他自己也是座雕像般，文風不動。

從我的角度只能看見他的背影，在這種深夜和幽暗的神殿中，那個把我揍死的阿法帝斯看起來突然讓人覺得很瘦弱，而且很孤單。

「我啊，也參加過鬼族戰爭。」老婆婆輕輕開口：「有一次在夜間看見那名妖師，他也是這樣站著，獨自站在湖水邊。當時除了孤獨，他還給人一種不知所措的感覺，像是做錯事的孩子，所以我主張活捉而不是擊殺，那名妖師有他介入戰爭的理由，只要是看過那一幕的人就知道；當然公主也明白，公主想弄清楚妖師的苦衷，只可惜太晚了，很多事情都太晚了。」

的確，很多事情，都太晚了。

我看著阿法帝斯，他和當時幾乎崩潰的凡斯突然重疊了……我立刻低下頭，不敢再看。

「燄之谷看見的，就是這樣。」老婆婆拍拍我的手背，「雖然我們不打算原諒引起戰爭的妖師，但我們理解他的難處，被世界忘卻並且敵視的一族，不論如何說，都是痛苦的。我是如此想法，岡茲也是如此，阿法帝斯同樣也是，燄之谷裡很多人都是，所以我們當時對於退隱歷史的約定並沒異議，也沒有追殺妖師一族的後人。」

感覺到胸口悶悶的很不舒服，我吸了口氣，不知道該說什麼。

「所以，別討厭那孩子。」老婆婆再度重提了這件事，讓我明白她眞的很疼愛阿法帝斯，「這千年以來，他都是這樣憑靠思念過來的，他的父母很早以前就死在戰役中，公主對他而言如同最親的家人。」

重新抬頭，我看向殿內，站在那裡的阿法帝斯慢慢踏出腳步，下一秒轉化爲普通大小的黑狼，一抹顯眼的白色十字紋出現在他後頸，他就這樣踱步靠到雕像台座邊，倚靠著黑石趴下，閉上眼睛休息。

老婆婆向我做了個該離開的手勢，我們就這樣退出正殿的花園。

「阿法帝斯就住在公主神殿裡嗎？」走在長廊上，我想起早上來這邊時，曾聽說有些人就住在神殿裡。

「那孩子是第一個自願住在神殿裡的人。」老婆婆揹著手，與我一起慢慢閒逛，「公主神殿的事務都由他處理，狼王很早以前就讓他全權管理公主神殿，可以不用稟報狼王、狼后。實際上，也不會有人做得比他好了，對吧。」

我點點頭。

「……那他怎麼不是座前武士啊？」既然參加過大戰，有實力且狼王又這麼信賴，我實在很懷疑這些狼族選人的方式，難道眞的腕力贏就可以嗎！

「除了岡茲以外，現任的其餘四名、包括我，都是戰前就已存在的老狼，呵呵……我們要讓位可不太容易，這千年來沒人想接，阿法帝斯也明說不敢接我的位子。岡茲的空缺，是因爲他的師父、也是原座前武士，在大戰後的世界外圍戰役死亡。岡茲當然不可能會將這個位子讓給別人，那年的徵選大賽可熱鬧了……最後岡茲用盡全力，除了比腕力外，武鬥擂台與術法比鬥都壓倒性地打敗阿法帝斯，就是要證明他能夠承接師父的位子。」

原來欻之谷很看重師徒關係，甫到時候沒感覺，但這兩天下來、加上剛才的對話，就能完全確定這一點。

「你看岡茲會和阿法帝斯廝混打鬧，多半都是想要彌補不能讓他成爲座前武士的那點抱歉。」老婆婆頓了下，繼續說道：「這兩天你們到來，還有那幾日少主回來，阿法帝斯反而比較有活力些，否則平常很孤冷，除了任務外，都守在神殿裡。」

雖說孤冷，但我覺得他其實滿容易和人聊天啊？不然怎麼夏碎學長隨隨便便套他話就可以套出一大堆？

……等等，難不成他的思考模式是夏碎學長是學長的搭檔，學長是公主的兒子，所以連帶著一起關照夏碎學長，有什麼就回什麼？

這樣講也不對，因爲這兩天他沒少和我講話，雖然態度上毫不掩飾要把我幹掉當肥料。唉，還是別想太多對精神比較好。

老婆婆和我走到門口時，再次主動開口：「我看你也是有心，爲了我們少主千里迢迢來到惔之谷，又忍受我族對你的歧見，可見我們少主對你而言有一定的重要性。」

該說是重要嗎？

我歪著頭，覺得自己最近每次想到學長好像都是被揙被踹還是被毆打的畫面，還有現在最擔心的秋後大屠殺……等等，難道我有被虐狂嗎！不對吧！

「別和阿法帝斯一樣抱持著遺憾，或像你先祖一樣抱持著悔恨，你們都還很年輕，擁有機會，希望這次你們不會再有那些『太晚了』的嘆息。」

似乎聽見老婆婆聲音中帶著些許的哀傷，我正想說點什麼，突然發現我們已站在招待所前面了。

……這招有點可怕，希望不會有人在講正經事時突然出現在澡堂還是什麼游泳池旁邊。

「回去睡吧，未來我們還有很多時間，我想少主應該會再帶你來惔之谷做客的。」

老婆婆拍了我一把，再回頭時，她已經消失了。

站在深夜的惔之谷街道上，我沉默許久，最後也只能轉頭回去。

※

第二天一早……眞的是一早，我差點在睡夢裡被破肚而亡。

前一晚因爲太晚回去，還應付了五色雞頭的吵鬧好一段時間，之後躺到床上又因爲各種事情睡不著，眼睛睜著看天花板很久，直到後來太累意識模糊，才睡了幾個小時；正在昏昏沉沉中，突然某種有重量的東西往我肚子一撞，這差點被人參撞死的熟悉痛感馬上把我嚇醒，整個人抱著劇痛的肚子蜷成一團。

「乖孩子要早起。」完全沒自覺正在殺人的小亭從床上蹦起，趴到我垂死的身上。

「……我快死了……起不來……」喔吼吼吼我喉嚨出現血腥味了！今年我的肚子一定犯太歲啊你們這些傢伙！

「可以治好再死翹翹喔。」小亭帶著可愛的微笑，在我淚眼矇朧的迷濛視線中端坐好，然後拍拍手，打開一個很像治癒法術的小光圈。「痛痛痛痛飛走了～」

還眞的飛走了……我有點眼神死，小光圈慢慢把剛才造成損血三千的創傷治療回去。

原來夏碎學長還在黑蛇小妹妹身上設置了簡易的治療術法，我現在越來越好奇小亭身上究竟被塞了多少東西，感覺這詛咒體一天比一天還萬能啊！正在從居家型邁向野外攜帶型，可能再過一陣子就可以變形合體去進攻宇宙了吧。

等到肚子不再痛後我才坐起身，小亭也停下動作，直接跳下床邀功，「把睡懶覺的人叫起來了～～」

「好乖。」

溫和的聲音傳來時，我才驚覺夏碎學長已站在房間門口。

——你竟然就在搖滾區看著你家小孩謀殺我！

不知道第幾次，我懷念起阿斯利安那溫馨的隊伍。雖然摔倒王子常常鄙視我，但摔倒王子絕對不會一大清早就往我肚子上跳。

「褚，吃早餐了。」帶著友善的微笑，已經著裝完畢的夏碎學長用著剛才好像什麼事都沒發生過的和平語氣說道：「用過餐點後，我們差不多要啓程了。」

我點點頭，立刻下床先整理儀容，接著去餐廳。

五色雞頭已坐在那邊大吃特吃，旁邊的侍者正在收走如山高的盤子，看來他還滿早起的。

「呦，漾～」揮著比他手臂還粗的骨頭，五色雞頭很隨便地打了聲招呼。

我走過去坐到一邊，侍者立即端上正常人吃的東西。

這場飯並沒有吃得很久，我沒什麼食慾，吃了幾口後把飯推給五色雞頭，自己喝著侍者準備好的草藥涼茶；茶一下肚，本來頭痛外加暈沉沉的感覺才完全退散，同時五色雞頭也已經把所有東西都吃乾淨了。

抓緊時間，我們趕快回房間收拾包袱。

認眞說，我覺得五色雞頭一定發現了夏碎學長可怕的地方，因爲這次旅程下來，五色雞頭竟然沒有大鬧特鬧，尤其在夏碎學長面前的那個配合度……嘖嘖，果眞有野性的直覺。

眞不知道夏碎學長翻臉起來究竟會變怎樣。

十分鐘後，小亭撞開門蹦跳進來。

「你們好了嗎！沒收好的吃光光！」往我旁邊跳過來，小亭眨著大眼睛盯著我看。

默默從背包裡掏出一包餅乾，隨便丟出去，然後看著黑蛇小妹妹準確無誤地飛撲咬住包裝，連同袋子全部吃下去。

最近越來越習慣這種餵食方式了，該不會夏碎學長在家裡也是這樣餵的吧？

就在小亭嚼著袋子發出塑膠聲響時，夏碎學長走了進來，「阿法帝斯要帶我們出燄之谷，外環村有一支商隊，他們已爲我們準備好僞裝，將跟著商隊走空間長道進綠海灣。」

看來夏碎學長眞的都把行程談好了，後來他幫我補充了下資訊，雖然燄之谷的外環村中有海港可以直通到綠海灣，但必須花一段時間，還不如走空間走道來得快，海港通常是給外來者用的。

離開房間，到大廳時阿法帝斯果然老早就站在那邊等了，而且和昨天深夜看見的不同，整個人精神奕奕、清爽無比，只不過轉過來時給了我一個鄙視。

「你們得等一會兒，有異族闖進外環村，岡茲正前往處理。」阿法帝斯瞪了我一眼，說道。

該不會是黑暗同盟？

或者是昨天在火流河逃逸的……不對，那就不會說是異族，看來比較可能是黑暗同盟。

一群人在大廳等了有段時間，阿法帝斯好像收到什麼傳訊，才對我們點點頭，「走吧。」說完，原地張開一個大型法陣。

從招待所轉移，下一個出現在我們面前的是座小村莊，與來時不同，也與跳點時經過的不一樣，是其他的普通小村莊。一到達，遠遠就看見山大王朝我們招手，還有附近空地上的一支隊伍。

隊伍人數不多，大致十人左右，穿著統一，都是樸素的灰色衣裝和斗篷，沒有燄之谷的印記；旁邊有十幾匹看起來很普通、但我覺得眞面目可能是什麼暴走動物的駱駝。那些可疑的駱駝身上揹著一些東西，數量很少，可看出是簡便的日用行囊，大部分貴重物品與貨物應該都收在術法空間裡。

「碰巧外環村一支對外商隊正在沿海路線上巡迴，他們會將其中一個經過點改爲綠海灣，和他們一起進去就不會引起公會或其他人注意。」阿法帝斯遞來四套同樣的服裝和斗篷，指向旁邊的小木屋，「你們在那邊準備一下，商隊的人會替你們消除氣息，覆蓋上他們的力量作爲僞裝。」

四套？

瞄了一下，有一套特小，看來是貼心地幫小亭也準備好了。

我接過衣服，剛好這時山大王也走來了，他手上拖著個超大麻布袋，一路就這樣唰唰唰地沿著路拖。

沒看錯的話，我覺得布袋很像人的形狀。

「來來，這是老子送你們的伴手禮。」山大王直接把麻布袋丟到我面前。

覺得自己右眼跳了好幾下，我實在很不想打開這個布袋，直覺叫我最好無視！

「啥鬼東西？」五色雞頭和小亭動作一致地撲過去，馬上撕開麻布袋，而且小亭還咬住布袋開始咀嚼。

出現在我面前的真的是會讓我右眼跳到抽筋的「東西」。

我按著額頭，很想當作什麼也沒看到，而且瞬間明白了「異族」的身分——

遭塞布袋的是全副武裝被揍暈的夜妖精一隻，買一送一地附帶連夜妖精一半大小都不到的暈厥人參一條。

「褚。」夏碎學長拍上我的肩膀，微笑。

鬼才知道他們會衝進來啊啊啊啊啊啊啊啊啊啊啊——

「老子很久沒遇到對手了，這夜妖精不錯。」顯然對哈維恩很有好評的山大王拍拍身上粗糙的衣料，讓我們看見他衣服上腹部接近胸口的那條裂口，「老子還是比他快！」

看樣子如果哈維恩能厲害到讓山大王閃不掉，估計可以把他的心臟拉出來。

真不愧是遭受水火妖魔茶毒的種族！身手不是蓋的！

稍微檢查後，哈維恩身上的傷口比較多，甚至有些差點變成致命傷；好補學弟則是腦袋上一個大包，看來是被一拳打昏，沒太多問題。

夏碎學長走過來幫哈維恩治療，哈維恩很快便清醒了，醒來的第一件事就是跳起來，然後擋在我面前警戒地看著山大王。

「住手。」拉住哈維恩，我瞄到五色雞頭也想撲上來，在他們把事情搞得一團亂之前我連忙制止，不然等等被扔出去卡中間的還是我，「為什麼你會在這裡？」

「身為侍奉者，怎可讓您獨自涉險。」哈維恩仍警戒著山大王，頭也不回地說道：「離開學校時，我已清除過一批想對您不利的人。」

……

糟糕，我和公會那些想燒我的人梁子結大了。

眼神死地把視線移到好補學弟身上，「那為什麼學弟也在？」他被夏碎學長扔回學校，怎麼如此之快一個晚上又衝到這裡！

「干我何事。」哈維恩丟來一句。

看來哈維恩也不知道學弟怎麼跑來的。

「總之，你們快回去吧。」轉身想要拿布袋把好補學弟蓋回去，我才發現小亭已把布袋吃完了，還爬到山大王肩膀上吃他的披肩。

在這短短的猶豫時間，好補學弟也慢慢甦醒了。

「學長────────！」

果不其然，好補學弟一張開眼睛，就直接往我的方向衝撞。

因爲已經有經驗，我立刻躲開，站在前面的哈維恩幾乎發揮他的千斤頂功能用力擋下像推土機一樣的人參；雖然哈維恩好像頂得夠力，但還是被好補學弟往後推了有一段距離，腳跟後都推出土了……幸好我躲得夠快！你到底是不是存心想殺我啊！

大概被撞那一下很不爽，哈維恩在推土停下同時一爪子就往學弟腦袋上拍下去，連我都來不及阻止，接著便聽到某種好像在拍西瓜好不好吃的聲音，雄壯的咚一聲，然後學弟──

學弟一點事都沒有。

喔不對，還是有事。

抱著後腦，好補學弟滿地打滾哀號。

「痛痛痛痛痛痛痛痛痛痛痛痛痛痛痛痛────────」

不是我想吐槽，但正常來說這個不是叫幾聲痛的問題啊，一般人應該腦子都爆了才對！剛剛哈維恩打那一下肯定很用力啊！說好的爆腦呢！快爆啊！

連根頭髮都沒爆的好補學弟一邊打滾一邊滾到我腳邊，可憐兮兮地蜷成熟蝦狀。

哈維恩皺起眉，抬腳想把好補學弟踹開，我只好先抬起手讓他停住，不然這踹來踹去會沒完沒了，這根參很明顯不是隨便踹就會死。

「學長……」人魚姿半賴在地上抱著我的大腿，好補學弟含著一泡淚，巴巴地用大眼睛瞅著我看。

可能因爲這裡人多外加是陌生區域，學弟這次沒把菁華液流得滿臉都是，只呈現淚眼迷濛的樣子，讓我眞心想把哈維恩沒送上的那腳送在他臉上。

「馬上、回學校。」我盡量讓自己用超級冷酷無情的語氣開口，還模仿一下之前學長要把我剁成八塊的那種森冷態度，「你和哈維恩都回去。」

好補學弟還沒反應，一旁的哈維恩突然咚的一聲單膝跪下，語氣悲壯地開口：「身爲侍奉者，如果就這樣看著你涉險，除了族裡會將我從沉默森林中除名，我還必須付出違背誓約的代價！」

問題是，我根本沒有和你有什麼誓約啊兄臺！

看著哈維恩快狠準的動作，好補學弟不要臉地當場猛虎落地式，「學長！請把我帶上吧，我一定可以當踏腳墊的！」

踏你個頭啊！

爲什麼是踏腳墊！

「漾～要不要本大爺幫你一次打一雙。」蹲在旁邊看很久的五色雞頭蠢蠢欲動。

「免。」這一雙不是打一次就可以解決的，我轉過頭，很想請夏碎學長給點意見，但夏碎學長一臉看好戲的表情，後面的山大王竟然已捧著一桶水果和小亭在那邊嗑了，根本把我們當成戲劇台的阿法帝斯自顧自地和商隊說話，完全不想理我們。

人生，腹背受敵。

看著學弟的姿勢，哈維恩的臉上露出微妙的掙扎。

不過最終他還是維持著原本的動作，只是看了眼夏碎學長，加碼說道：「暫時不回學院，我也可以協助您保護藥師寺少主。雖然不是沉默森林頂尖的戰士，但應付一般襲擊足夠。」

他這樣說好像也沒錯，如果再遇到一次像黑暗同盟那種敵人，就不用讓夏碎學長浪費體力出手。雖然現在有五色雞頭在，但這傢伙根本不能信任，鬼才知道他會不會突然又消失在哪個夢想荊棘路裡；靠小亭的話，如果小亭出問題也是得夏碎學長修補，所以哈維恩的說法讓我有點心動。

「夏碎學長……」

「你決定就行了。」夏碎學長微笑地回答我這句。

本來撲在地上的學弟立刻彈起來，「我、我也很有用！」說著，他轉動著眼睛，好像在想要怎樣證明他有用，又不敢讓其他人知道他的身分，過了一會兒突然把手舉高，還翹出小拇指，「快死的時候可以含我的手指頭喔！」

我蹲下身，抓住學弟的腦袋，直接往地上擼。

看學弟抱著腦袋滿地打滾，我開口：「你馬上給我回去，你們兩個都給人家村子帶來騷動了……」

「那場騷動與我們無關。」哈維恩突然打斷我的話，然後看了看山大王，說道：「我並不打算侵入任何部族的地盤，所以在外面等待。今天早上看見那個外族埋伏在附近，沒多久西邊傳來打鬥聲音，後來這個人就襲擊我們，才會交手。」

「老子沒說是他們搞的。」山大王插話進來，然後把桶子往小亭嘴巴塞，「是另外一批人，老子剛剛已經打飛了，回來時剛好看見這兩個小孩，黑的那個八成是混帳後人的相關種族，就順手拖進來。」

我該慶幸還好來的不是霜丘的夜妖精嗎？

算了，重點不是這個，盯著學弟，我決定讓哈維恩先把他趕回去。

剛要開口，四周的人突然停止動作，阿法帝斯也停下交談，與商隊的人同時看向小村入口。

其實在我們交談的這段時間裡，周邊一直有村民來來去去，也有人好奇圍觀，不過周圍那些人的臉色現在突然變了，一些大人抱起小孩迅速跑回房裡、關起大門，門板上面還出現了守護陣法。

接著連我都感覺到了，空氣中傳來令人厭惡的細微氣息。與那氣息一起出現的是輕微的地震，腳下土地正在輕輕搖晃，然後逐漸加劇。

「看來是找不到入口，所以想要四處破壞一下。」阿法帝斯瞇起眼睛走過來。

「這規模，是想要逼咱們眞正出個手，好讓他們鎖定氣息加以追蹤。」山大王搔搔下巴，然後冷笑，「有帶高階術師。喂，你們幾個小的快點準備好，通通給我滾出去。」

山大王命令一下，那些商隊也不管誰是要滾出去、誰是要滾回去，不由分說把我們一群人全推進小屋子裡換裝和覆蓋力量。全部著裝完畢後再推出來；這時候某個方向的天空轉繞出一層濃濃黑色霧氣，好像那裡有什麼在燃燒一樣，濃墨般深沉的煙不斷擴散開來。

這畫面讓我想起之前在湖之鎮時看見的情景。

小村子路上已完全沒有一般人，山大王消失不見，只剩下阿法帝斯還在原地，看見我們出來便打開陣法。

「岡茲沒問題吧？」看著那個方向，我多少有些擔心。

「你以為燄之谷是什麼地方。」阿法帝斯勾起冰冷的笑意。

好吧，我不該多事的。

拉著斗篷，我快步跟上商隊腳步，正要往陣法裡踏時，後頭突然傳來聲音——

「混帳後人。」

回過頭，我看見阿法帝斯朝我拋了個東西過來，我想也沒想直接伸手接住。

「等你變強，再來打一次。」

※

四周景色慢慢淡去。

沒多久，換上新的景物——這次我們所在空間的所有東西都很巨大，和我先前在商店街那條商道裡看見的畫面幾乎一模一樣。

「你們人比原先多，得共用『達塔』。」領著商隊的隊長走過來，後頭跟著兩名手下，兩人各牽著兩隻疑似正常的長毛駱駝，然後將駱駝交給我們，「商隊用的達塔全都和空間走道簽訂過契約，不受通道牽制影響，所以無法立刻增加。」

隨後，隊長爲我們介紹了自己，是個叫作疾風的青年，郯之谷外附屬村莊的妖精部族，長年穿梭這些商道，對外採購各式各樣物品，再轉進郯之谷。

我看著駱駝，有點糾結。這駱駝比我所知的普通駱駝大了不少，而且毛很長，剛剛沒靠近還沒感覺，現在就在身邊，突然發現駱駝大到可以瞬間壓死我，而且牠把頭轉過來一直朝我臉上噴氣，那個鼻孔都比我臉大了，看起來搭乘兩、三人不是問題。

在我看著牠的同時，駱駝也看著我。

不知道是不是我的錯覺，這駱駝一臉流氓，整個臉充滿跩跩的不屑氣質，不知道在嚼著什麼的嘴巴讓人錯覺牠好像在嚼檳榔。

一邊的哈維恩似乎想要表示他眞的有用處，立刻轉頭詢問夏碎學長是否共乘，不讓他耗費太多心力在控制騎獸上。夏碎學長笑笑地沒拒絕，小亭很快變回黑蛇，鑽回自己主人身上，這樣一來，駱駝的數量就夠了。

但是，我這輩子沒騎過駱駝啊啊啊——！這些駱駝到底會不會吃人？

「請放心，達塔是非常溫馴的騎獸，即使你是個白痴，都能安然無恙地騎乘。」疾風非常友善地說完，轉身回去招呼商隊準備出發，連給我發問的時間都沒有。

我看著駱駝的鼻孔，比劃了下高度，不認為我跳得上去。

有點灰心時，駱駝突然嘖嘖兩聲，我還以為牠可能要示好什麼的，駱駝突然呸了一聲，往我臉上吐了一大口口水。

「……」

我默默拿出米納斯把帶有臭味的口水洗乾淨，然後重新看向流氓臉駱駝。

駱駝依舊嚼著嘴巴，用一種「啊沒你是想怎樣」的臉與我對視。

「真抱歉，在隨行布袋中有蘋果，你可以餵食牠，會增加親暱度。」附近商隊的人有點歉意地朝我微笑，「這樣比較不會吐你口水。」

把臉擦乾後，我真心想不到要怎麼爬上這隻好像會突然唱出綠島小夜曲的駱駝。

「學長！請用！」好補學弟立刻撲過來，幾乎是搶灘擋在哈維恩前面，直接往地上趴。

……還真的要給我踩腳是嗎。

但我超想踩他的頭，這衝動行為真是越來越不好了。

「漾～跳一下就上去啦。」旁邊不知什麼時候已經爬到駱駝身上的五色雞頭甩著手上的韁繩，高高在上一臉疑惑地看我。

問題是，本人並沒有你們那種彈跳力啊！

「請拉著這個。」哈維恩走過來，極度鄙視地踢開學弟，把韁繩放到我手上，「失禮了。」接著他抓住我的褲腰帶往上一托，我整個人瞬間穩穩坐到駱駝上了。

被踢到一邊的學弟用含恨哀怨的目光，彷彿捉姦一樣指控地看著我們。

完全無視學弟的哀愁，哈維恩長腿一邁，直接從學弟身上跨過去，兩三下就跳上駱駝，還仔細地幫夏碎學長拉好薄毯，韁繩一拉，直接跟上已經出發的商隊。本來還想哭餓點什麼的學弟只好立刻爬上最後一隻。

可能這些駱駝受過良好的訓練，相當熟悉團體行動，不等我反應，載著我的駱駝便自動跟著商隊走，動作非常穩，雖然有點搖晃，但不是那種會噴吐的晃，各方面來看，一點也不用人來指引。

難怪疾風會說白痴也能騎，附帶一提我不是白痴。

從側邊布袋裡掏出一顆蘋果，我小心翼翼地伸長手，駱駝竟然真轉過來吃了，不過一叼蘋果又立即把頭轉回去。

頭。

「漾～剛剛那傢伙給你什麼？」根本無法安靜的五色雞頭立刻把駱駝騎靠過來，好奇地探頭。

我掏出阿法帝斯丟過來的物品——巴掌大的吊死娃娃，附舌頭。

忍著想把舌頭拔起來的衝動，我很誠懇地思考著阿法帝斯給我這東西的用意。

從好的方面想，他應該是想要我們找到學長等人後立刻聯絡他們；從壞的方面想，他可能計畫著有一天讓我直接不知不覺地抵達奈何橋……人生還是要往好處想，面向光明，看著康莊大道是件讓人多麼愉快的事啊～～

把娃娃收進背包，正要收手時我突然摸到個東西，拿出來一看是有殼的夏威夷果，都忘記有這玩意了，等等再剝來吃掉。

「學長學長。」

把夏威夷果塞進口袋，我轉頭，面無表情地看著學弟和駱駝靠到我另一邊，那條莫名其妙跟著我們上路的人參用很期盼的目光開口：「我會努力加油的，你想要怎麼用我都可以，儘管用！」

我只想把你扔回學院去喔孩子。

努力想證明自己功用的學弟歪著頭，突然拍了下手，「對了學長，有人託我帶東西給你。」說著，他就去掏他的背包，從裡面拿出一個木雕的盒子，「他說他是山王莊的人。」

山王莊？

我立刻接過盒子，果然看見了上面繫著一小把眼熟的乾草；打開盒子後，裡面是幾包東西、幾塊糕餅與一卷羊皮紙。攤開羊皮紙，大致上寫著他們從尼羅那邊得知我逃出學院的消息，因爲摩利爾很介意我身上的狀況，所以緊急配了一些草藥，讓我在身體不舒服時拿來沖泡茶水，或許可以減緩些許影響。

我打開那幾個小布包，每個包裡都有五、六塊拇指大的壓縮茶塊，散發出淡淡清香，光是聞著就有種神清氣爽的舒適感覺。

「你怎麼認識山王莊的人？」收好木盒，我皺眉看著應該與對方沒交集的學弟。

好補學弟指指和哈維恩在一起的夏碎學長，「那個學長把我丟回去時……在學校門口遇到的，因爲他身上沾了一點點學長的味道，我就問他了。他把盒子交給我，說一定要拿給學長，爲了替學長感謝他，我有拔很多鬚給他喔！」

看著已經擅自幫我答謝人家的好補學弟，我沉默了下，「謝謝。」

不過摩利爾怎麼會主動找進學院？

雖然有點疑惑，但畢竟是尼羅的朋友，肯定不會用這種事情惡作劇，也只能回去之後再去一趟山王莊道謝了。

得到道謝的好補學弟露出先馳得點的囂張笑，但不是對我笑。我猛一回頭才發現哈維恩轉頭在看我們這邊……看著學弟，還用「總有一天幹掉你」的陰冷表情看。

嗯，當作沒看見好了，個人造業個人擔，我已經有個搞不定的五色雞……人呢！

這時才發現旁邊超安靜，那個本來還靠在我駱駝邊的江湖人士和他的駱駝已經不見了，往遠方看，我不知道第幾次絕望地看見了五色雞頭和駱駝屁股距離超遠的，而且他那隻駱駝還跑超快，蹄下濺起的都是華麗麗的黃土飛塵，幾乎人駝合一向前奔，短短時間變成一個黑點，快要消失在世界的彼端了。

「……」你就這樣別回來算了。

「離隊沒關係，請放心。」

後來我還是良心過不去，用兩顆蘋果賄賂駱駝載我去疾風那邊說明一下五色雞頭和他家駱駝私奔的事情，疾風聽完，友善地微笑，「商隊騎獸都受過訓練，即使脫隊，也會自行尋到正確道路抵達預定地點。」

不不，我是擔心我們家那隻沒受過訓練，他可能會牽連駱駝一起到不了。

疾風大概是看見我沒放鬆下來，又安慰了幾句：「真有問題，達塔會處理的。」

……我就知道這不是正常駱駝！

瞇眼瞄瞄身下正規律走動的駱駝，我完全不意外，就算駱駝跳起來長滿六塊肌揍人附帶喊出「阿達～～」我都不會意外。看疾風好像真的不在意五色雞頭和駱駝消失在茫茫江湖、也沒打算找人，我只好讓駱駝回到後頭。

一回到隊伍，哈維恩和好補學弟正在用嫌惡對方的表情互瞪，發現我回來，好補學弟瞬間綻開大大的笑容。

「如何？」微微推高斗篷帽，夏碎學長微笑地看過來。

「好像不用管他。」我再度看了看五色雞頭消失的方向，已經變成遙遠一顆星了，「可是這個空間通道可以久待嗎……」

和商店街通道十分相像的空間充滿各式各樣巨人般的場景，我們現在正鑽縮在大概有三、四層樓高的森林草葉堆裡。上頭鋪滿大量蜿蜒枝葉，掩去了陽光，讓這條路有些幽暗；幾次有如同公車般的螞蟻、小蟲路過，不過好像看不見我們，就這樣擦身而去。

「不行，這類商用空間通道有限制，待太久會被排除。」回答這個問題的是哈維恩，他沒什麼表情地說道：「在這個走道中有一定的規則，越有力量、行動的事物會變得很小，自然之物則相反巨大，活動時間過久，更會被壓制，以免被商隊以外的人以不軌心態使用。」

原來如此，難怪上次進來時也是這樣。

那麼也就是說，這些商隊通道應該都是同一系列了？不知道有沒有相通，說不定還可以從這邊回學校喔！

「空間走道不相通，而且只能統一定點進出。」哈維恩平板地說道。

我再度發現哈維恩的一個好處，他服從我之後便很認真地回答我的問題，不像五色雞頭會亂回答或是夏碎學長偶爾糊弄我。

「總之，你不用擔心，我想西瑞會有分寸。」夏碎學長停頓了下，微笑，「畢竟他也不是一般人。」

我就是很害怕他不是一般人這點，回憶種種馬賽克般的過去，這人的思考模式根本是一坨扭曲的線，完全不知道還會再發生什麼，希望他不要在這段時間裡把別人的商道給怎麼樣，不然我眞的得去燄之谷跪了。

算了，反正也追不上他，就祈禱他自己在哪裡突然又蹦出來吧。

駱駝又走了一段路。

逐漸地，周圍景色慢慢改變，而且也有變得比較小的趨勢，最後商隊抵達一處草棚，我大概可以猜到應該是終點到了要轉移出去，這時候五色雞頭還沒出現。

商隊在這裡停下，稍作休息並檢查我們身上的僞裝。

因爲在小村子那邊很倉促地離開，所以一路上沒特別查看被變成怎樣，只知道大家的臉都僞裝過了，哈維恩很自動地整隻轉白，被換臉成某個陌生帥哥，夏碎學長和學弟則頂著張普通的臉，還有點妖精族的特徵，連氣息都與平常不同，如果不是一開始就知道，我也認不出他們是自己人。

「這邊已經是臨時安全區域，剛才走得很急，還沒將身分證明給諸位。」讓商隊的人各自去休息打理，疾風走過來，從背包裡拿出幾顆刺繡小彩球，「我安排好了，商道出入口會有人接應羅耶伊亞家的少爺，請不用擔心。」

我們各自接過小彩球，在疾風的指示下找個地方掛好，我順手掛在背包上了。

「這是我們商隊的通行證明，附帶一提也是顆霹靂彈，臨時遇到危險可引爆，至少能炸掉兩、三棟房子。」疾風微笑著補充。

我立刻把球拔下來，放到收納空間。

等我們放好東西，疾風才又發給我們每個人一張紙，我拿到的那張上面有個陌生人的照片，旁邊寫了一些資料。「這是幾位使用的身分。爲了商隊或在外行走方便，有時候獄之谷的人也會使用僞裝，這些外在身分都經過合格認證，不用擔心會有問題。」

仔細看過紙張，我這張是個克梅達斯達部落的妖精，屬於大地奔跑部族，因爲字面上看起來太離奇，我問了下哈維恩，嗯……就是種喜歡在大地上狂奔的種族，用哈維恩的話來說，那個種族是可以跑路好幾天都不用休息的無聊種族，他以前在沉默森林外看過，然後他們就一箭射過去，把那些繞著沉默森林外圍跑來跑去的無聊妖精給趕走。

……

這個身分好像應該給五色雞頭吧！我不管是上下左右看起來都不像狂奔種族啊！爲什麼要給我設定這麼累的身分！這樣會讓我看起來很可疑啊！

立刻湊過去看哈維恩和好補學弟手上的身分，他們這兩個臨時加入的拿到的都只是普通的妖精，哈維恩甚至是他自己最熟悉的森林系妖精。

看向一臉無事的疾風，我總覺得他好像是故意的。

這感覺深深就是延續著餤之谷的小團體復仇！

把資料記清楚，這些訊息就地燒掉，疾風確定沒什麼問題後，便打開商道出口，把重新整備好的商隊轉移出空間走道。

商道出口不是正落在綠海灣，而是座隱蔽的森林，要再走一段、出森林後才會進入通往綠海灣的主要大路。

「光是這座森林就有數條不同空間走道，所以要小心別誤闖。」疾風好心說著：「綠海灣是個很重要的商業城市，而且有執法嚴厲出名的奇歐妖精鎮守，除了外賊騷擾外，很少違法事件，發展得相當蓬勃，各地都有大商團簽訂空間走道。」

原來摔倒王子的種族眞的很了不起啊……之前看他的樣子還以爲只是普通的高傲種族。

「對了，我記得有海盜……」先前就是綠海灣不太安全，我們才會轉向沉默森林，後來陸續知道海盜被打退，但仍有部分到處流竄。

「海盜沒什麼問題吧。」疾風爽朗地朝我笑，「打走就好啦。」

……我打不過啊大哥。

有點逃避現實地轉開視線，我正好對上人參閃閃發光的期待眼神，這傢伙八成很希望馬上就出來一隊強盜，然後來個什麼風風雨雨讓他生死與共！

如果海盜真出來，我絕對會把這條參踹下去當祭品。

「請不用擔心，一出現，殺無赦。」另一邊的哈維恩切換成家有惡犬的型態。

和我一樣夾在中間的夏碎學長依舊微笑，繼續微笑。

這人快要脫塵出世了吧我想。

「學長、學長。」

駱駝繼續向前走，學弟又靠過來，完全不遮掩他自來熟的熱情，「你要不要吃點東西？我出門時有準備小點心喔！」

又是該死的追蹤蛋糕嗎！

「不用，謝謝。」人生摔第一次是無知，摔第二次就是無腦。

雖然我常常摔第二次……

「那、那強身健體大補飲！」好補學弟立刻掏出保溫瓶。

「用哪裡泡的。」我看著散發出陰險氣息的保溫瓶，語調平板。

「之前剪頭髮時我留了好多下來，一把一把晾乾，加上幾種藥草熬出來的。」學弟興致勃勃給我介紹頭毛飲，「每天喝一杯，補充你的精氣神！」

「免，謝謝。」這條參是多想從上到下都讓人吃一輪啊！

「學長、學長～～」

學長，我突然覺得很對不起你，因爲我現在聽人家這樣一直叫好煩啊！請接受我不知道第幾次的眞心懺悔。

把好補學弟的臉推開，我有點心死地轉開頭，幾乎同時，逐漸接近的森林出口處傳來通用語的大喊聲——

「救命啊！有海盜！」

我一愣，反射性轉頭看商隊，直覺他們會出手相救，接著我發現到商隊竟然沒有那個意思，疾風只抬起手讓大家放慢速度，過不了幾秒，外頭大喊聲再度傳來。

「快來救命啊！救人喔！」

聲音聽起來很緊急，我擔心地望向哈維恩和夏碎學長，他們兩個竟然好像也沒想要出去的意思，哈維恩還有點疑惑地反看我。

「那個……」就算是其他商隊，不去救人真的好嗎？

才剛想說點什麼勾起一下大家的良心，外面三度傳來聲音——

「喂～不來救人眞的好嗎？這好弱的海盜快被我們打死了。」

嗯，我的錯。

相信這世界的人會正常呼救都是我的錯。

我拿出自備零食，面無表情吃了起來。

過了一會兒，駱駝終於走出森林，隨著大量陽光而來的是一幕不知該不該說是慘絕人寰的畫面。

停駐在寬敞大路邊的是一支馬隊，大概二、三十人，規模是疾風商隊的兩倍大，那支馬隊現在完全停下，前頭大概五、六人圍踹著已經被他們打趴的強盜或海盜，那些衰尾的盜匪其實人也不少，十幾人，估計有不少人在矛頭不對時就逃逸了。

剛剛很無聊、隨便呼救的是個勁裝打扮的青年，看起來應該不是首領，可能是護隊的人。外表大約二十多歲的青年蹲在盜匪堆上，再給盜匪一拳，開口的聲音果然就是剛才我們聽見的，「快點來人救好弱的海盜喔~你看我人多好，一直在幫你們求救，但是都沒有人來幫你們耶。等等我會把你們這些人全部像烤豬一樣綁在竹竿上，然後運進奇歐妖精的商城送給他們，看你們這種規模，應該一、兩杯酒錢是換得到的。」

看著金髮、臉上長著雀斑的爽朗青年，我隱約好像聽見夏碎學長笑了聲，似乎低語說了句「原來是他啊」之類的話，前頭的疾風已驅使駱駝快步先往馬隊過去。

「小樹，你又在欺負壞蛋了。」

青年一聽到聲音，立刻跳起，看見來者很高興地開口說了一串我聽不懂的話，接著馬隊裡有個看似首領的人走出來，和跳下駱駝的疾風交談。

「那是一名紫袍，天華樹。」我轉過頭，夏碎學長他們已靠近到我旁邊，用只有我們聽得見的聲音說：「他專接保護商隊、採集者等等守護類型的長期任務，雖然沒見過，但在公會中是相當有名氣的戰鬥紫袍，因爲任務完成度的評價非常好，在公會中有很高的知名度，商隊想要找隨行袍級，大多會先想到他們。」

「咦?他不用穿紫袍嗎?」我看那個青年的穿著與馬隊成員差不多，完全看不出身分。

「這種保護類型的任務有時必須僞裝身分，經過申請可以不用著袍級服裝，以免影響任務進行。」夏碎學長左右看了下，「我記得他還有一位白袍搭檔……」

「會不會是單人任務？」我小心翼翼地問。

夏碎學長搖搖頭，「等你兩位都見到就知道了。」

我想想，估計是夏碎學長不方便在這種地方議論袍級，喔了聲表示明白。

差不多同時，疾風那邊的交談也結束，他吹了記口哨，讓商隊和馬隊一起出發，接著朝我們招招手，讓我們到隊伍前面，與那名紫袍和馬隊的首領並行。

疾風稍微介紹了下，青年果然就是夏碎學長口中的天華樹，然後疾風將我們的假身分介紹給馬隊。

「聽說綠海灣現在外面很多公會的監視人員。」疾風開始與天華樹攀聊。

「嗯，我也是這麼聽說的，似乎那裡發生不得了的事，不過具體上是黑袍等級的機密，所以不是很清楚，只知道綠海灣在公會的介入下，現在進出盤查很嚴格。還有，公會發出緊急通緝令……」天華樹一邊說，一邊把手伸進暗袋裡抓了幾下，掏出張牛皮卷，「要抓這個人類，看起來有點蠢臉。」

疾風打開時，我覺得我好像看到自己的臉……繼續吃零食保持面癱。

「聽說這個人類在沒有公會應允下擅自介入公會的機密任務，不但用好笑的手法擺了公會一道，還放任下屬恣意毆打公會執行人員，後來將那些倒楣的執行者全部綁在樹上，還下了封印讓人解不開繩子……馬的，多久沒這麼有種的傢伙了！我好欣賞他啊！敢槓上公會不簡單，如果見到一定好好請他喝一杯。」天華樹握著拳頭，熱血說道：「被一個人類虐成這樣，眞期待今年公會最丟臉排行！一定會超精彩的！」

別期待！

我悲憤地看向哈維恩，突然覺得我應該在小村子時就問問他是怎麼對付公會那些人的，爲什麼這些帳都算到我頭上了！

哈維恩的帥臉表示他在放空，沒接收到我的抗議。

再拆開一包零食用力啃咬以保持面癱，順便拍開學弟要偷食物的手。

「不過眞沒想到會在這裡遇到你，我記得你們的隊伍不是去了古代封印地嗎？」疾風把通緝令還給對方，面不改色地繼續聊。

「也是剛到，聯絡先前預約的買主，發現對方正好在綠海灣，這裡的老大交貨之後要順便把剩下到手的寶物賣掉。」天華樹似乎不太在意任務保密相關，旁邊的馬隊首領也沒阻止他，「接著要轉向幾個妖精部落做生意，所以我們還要過陣子才回公會。」

「原來如此。」疾風點點頭，「想再和你們打聽一些商路上的事，不介意一起進城吧？」

馬隊首領很豪爽地搖搖頭，讓我們這邊隊伍自便；很快地，後面也有幾個人各自聊起了通商各地的狀況，顯然這兩支隊伍有一定的熟稔度，相處相當自然。

「我們這次在古代封印地遇到有趣的事。」

很健談的天華樹和疾風大致聊了些商道狀況後，突然像想到什麼，露出好玩的笑，「雖然那塊封印地上已差不多被破解光了，但地下城並沒有；這塊封印地的地下城以險惡出名，好像還沒人走完過。總之，我們深入到地下十六層後，發現了九芯蓮華的刻印，如果繼續再往下走，說不定可以找到相關指標。」

「咦？」疾風有點驚訝，連我都看得出來他好像是眞的驚訝，不是裝的。

「可惜十七層有白精靈留下的高級守護，沒辦法繼續再向前了。」天華樹嘆了口氣，「艾麗娜的事傳出來後，很多人都想幫上點什麼。不知道該說幸還不幸，艾麗娜的變體被時間種族封印，暫時這樣維持是沒問題，但沃庫……」

紫袍青年猝然提起了艾麗娜，當時在湖之鎭下方的回憶瞬間全被勾起，我整個人一怔，突然胸口悶痛了起來，回過神時，天華樹已用奇怪的表情盯著我。

「你很難過……你認識艾麗娜？疾風，這位是？」青年微微瞇起漂亮的眼睛，問道。

「是我們村裡的居民，因爲有事要進綠海灣，所以跟著商隊一起過來。我想他應該是以前親近著大地時，曾與艾麗娜相識吧。」疾風跟著看了我一眼，「對吧。」

「嗯……」我有點麻木地點點頭，「在遺跡路過遇到……她人很好……」

「是啊，艾麗娜是歷史學家，一直都在遺跡中穿梭。」天華樹有些遺憾地嘆口氣，似乎沒起疑，又回到剛剛的話題，「既然地下城中有白精靈守護，我們猜測或許地底會有九芯蓮華相關事物，所以回報了公會，希望公會能請那位白袍精靈前往看看。」

「九芯蓮華是……？」我知道現在最好不要再講話以免被更加懷疑，可是和艾麗娜有關，我不問覺得有點過不去。

「傳說是六界外太古神族放置在這個世界裡的，一開始原本要協助這個世界八大種族對抗某種『黑暗傷害』，但是因爲太過古老，公會裡的仙人、規則外的存在都不了解這東西，罕見文獻上也都只有猜測，判斷可能是能夠對抗黑暗扭曲的某種特殊物體。」天華樹對我的提問似乎沒有特別懷疑，大概只當成一般市井小民的發問，所以沒在意我打斷他們的話，很簡短地爲我說了下，「可能黑袍以上的記錄會更清楚，我這是從雲頂樹上看來的古代資料，不過上面也有段古文說九芯蓮華已經破碎，可能成爲碎片散落在各處，不過既然有這種用途，只要能找到點什麼，交給情報班和醫療班，肯定能有成果。」

能夠治療黑暗嗎？

我下意識往夏碎學長那邊看了一眼，後者似乎沒什麼特別在意的樣子。

如果眞有那種東西，能把艾麗娜變回來，也可以治好夏碎學長、阿斯利安……很多被陰影扭曲或黑暗傷害的人。

「那只是一個傳說記錄，幾千萬年來從沒被證實過。」夏碎學長勾起溫柔的微笑，淡淡地開口，「連精靈族都沒證實過。」

「是啊，就是個夢幻的希望而已，不過有希望總比沒有好。」天華樹聳聳肩，「就算最後找出來是別的東西，也好過從來沒找過。」

「也是。」夏碎學長點點頭，和對方交換一抹略有深意的笑容。

接著，天華樹和疾風又聊開了，這次是不同區域商城的交易情報，沒再提起九芯蓮華和地下城的事。

逐漸地，路越來越寬敞，開始出現來自其他地的旅行者和商隊，兩側也陸續有些販賣小吃或茶水的小店。

旁邊的疾風和天華樹一直在聊哪邊城市裡現在的貿易狀況和交流量，聽來聽去我都頭暈了，漸漸覺得無聊得犯睏。

因爲有袍級在，白目如好補學弟也還記得我們現在是逃亡中，所以沒敢再繼續講話，整個縮在駱駝上，時不時往我這邊看幾眼，然後又和哈維恩互瞪。不是我要說，你們兩個能這樣結下梁子也不容易了，這根參在學院裡明明天然呆到爆頂啊，竟然會不喜歡哈維恩，眞是稀奇。

就這樣，我們這兩支商隊周遭越來越熱鬧，漸漸地，我看見了城牆與城門出現在我們視線範圍裡。

※

在來綠海灣前我聽說過，「綠海灣」原本指的不是一整座城，最初只是城市外圍附近的海灣。

不知道是不是因爲大家都直接稱這裡叫綠海灣，所以現在只說「綠海灣」，就是指這座城市；而城市繁榮了後逐漸擴張，連結上附近原本的「綠海灣」，也建了港口，更名副其實就是綠海灣了。

綠海灣的城牆相當高大，也延伸得很遠，可以猜測這座城市規模不小，但這兩天才在燄之谷被巨型遺跡風格震驚過，現在看到綠海灣華麗的石雕城門口，我居然沒什麼訝異感，只覺得是普通大型城都，好像沒什麼。

城門內外均有檢查進出人員的衛兵，城牆上也站滿了巡查衛兵，特別顯眼的是穿梭在城門與城牆上、那些穿著公會服飾的人們。

相當不妙地，我看見裡面竟然出現了紫袍和兩、三名白袍，看來公會對我的仇恨値眞的拉很高，現在還揹了哈維恩打造的專業黑鍋……回去不知道會被公會用什麼方法虐死，人生就是沒想到有一天會與公會爲敵，還有自己來投奔弱主的高手會幫你把這梁子越結越多。

我打開第三包零食，繼續面無表情地嚼嚼嚼，再度拍開學弟想偷零食的手，好補學弟終於死心地去吃他自己的追蹤牌各種害人點心。

馬隊和駱駝隊到了城門口被攔停做檢查，我看見那些袍級視線全轉過來，盯著我們這些說大不大、說小也不小的綜合隊伍。有一秒，我整個人屏住呼吸，很擔心會露出馬腳。

這時天華樹突然翻下馬，笑嘻嘻地往公會的人走過去，出示了自己的紫袍證明。

幾名袍級說了幾句話，天華樹甩著證明走回來，途中還和些衛兵打招呼，顯然都有認識。很快地，我們就被放行了，立即通過這道盤檢嚴格的城門口，過程順利得一點阻礙都沒有。

當然，我知道那是天華樹起了作用，那些袍級可能沒想到公會紫袍會帶著目標大搖大擺地進城……雖然紫袍本身並不知道。

我偷偷瞄了眼疾風，難道他是因爲這原因才提出要和馬隊一起走嗎？

確實，我們自己進去可能會被盤查很久，不如跟著熟識的紫袍更方便。

穿過城門，馬隊在城牆邊上的空地停下來。

「那我們就在這邊分手啦，我們還會在綠海灣待幾天，有空可以約出來喝一杯。」天華樹爽朗地說道：「我知道哪裡有好酒。」

「請務必讓我請客。」疾風也很爽快地回答。

天華樹笑了笑，轉過來看我們，「幫我向安因問個好，你們這些學弟，加油啊。」

我整個愣住，就這樣呆呆看著馬隊離開。

好不容易反應過來，就看到夏碎學長笑著點點頭，「你開口時，他就發現了。」

眞想找個牆去撞。

「放心，天華樹不會出賣你們，這點我能保證。」疾風拍了下我的肩膀，「別在意，特殊種族原本就比較敏銳，他們看的不是外表，是力量與靈魂。」

……希望接下來都不要再遇到特殊種族，不然遲早會被公會拖回去凌遲。

不過那個人是哪種特殊種族？

沒解釋，疾風逕自轉過去和哈維恩、夏碎學長說了些話，然後再轉回來，「我已經替幾位安排好旅館住處與接洽的人，我想你們應該很希望立刻去查『他』的下落，接下來商隊必須去大會堂交付貨物，所以大家先在這邊分道吧，人少可以更不引起注目。騎獸待你們不須使用後，就地放走即可，這些騎獸會自行尋找最近的商站回歸。」

一一向商隊的人道謝，我們看著商隊魚貫離開，直到完全消失在街道盡頭，夏碎學長才讓我們往更隱蔽處走。

「我們也分別去尋找些情報吧。」夏碎學長拿出紙張遞給我們，「這是我在燄之谷取得的一些地點資料，他們到這裡時可能會有接觸，現在綠海灣與公會必定不會協助我們，只能靠自己探訪，儘可能問問當時發生的事。」

「我和學長一組！」好補學弟立刻橫過來抓住我的衣角，眼神閃閃地開口。

「對，都忘記要處理你了。」我露出微笑，一把掐住好補學弟的腦袋，「偷渡客就該強制遣返。」

「學長你相信我我一定在這條路上可以發揮出巨大作用的不管要吃我還是要用我我都可以躺在地上脫好衣服隨便你——」

我直接搧掉好補學弟一口氣爆出來的長串話語。

現在唯一的感想是，希望我以前跟著學長時，在腦袋裡沒想過這種有點像是性騷擾的話。

好補學弟捂著被我揍的腦袋，淚眼汪汪。

這下眞的麻煩了，應該還是得把好補學弟丟回去，但上次夏碎學長扔掉沒多久這根參又冒出來……我們可能低估他的能力，他八成不像我以前是蠢眞的，而是本身有一定的實力在蠢。

夏碎學長已擺明了要我自己處理這些事情，問他是沒用的，哈維恩應該只會把人參剁掉，看來只能讓他先跟著，等找到其他人之後，再想辦法趕回去。不然這樣你丟我跑，在這種地方遲早會引起公會的注意。

「好，既然你要跟，我們先把條件說好。」我看著好補學弟，豎起手指，「違反你就得回去學校，不能再來。」

好補學弟整個人立刻灰暗了起來。

「不然就是現在我把你丟回學校，找人把你打死到我們回來。」對吼！用這個方式也可以！阿斯利安也是這樣的！

不過他當時究竟找什麼人，怎麼可以把戴洛秒殺掉？

「我同意條件！」學弟瞬間變成諂媚臉。

我想了想，在心中慢慢牽引細微的力量，回憶著其他人以前教過我或是和我交換承諾的那種感覺開口：「那麼，『我說停的時候就必須得停』、『我說不能做的事就不能做』，在回學校以前，只要你違反，就立刻回學校。」

學弟那瞬間突然變得很緊張，但我覺得他好像不是因爲我的話緊張，而是其他我暫時看不出來的原因。

過了幾秒，學弟才戰戰兢兢地伸出手掌，「我，靈芝草，願意遵守誓約。」

我也伸出手掌貼上，某種奇怪的氣流繞了我們手掌一圈，接著散開，我才把手收回來，第一次主動做這種事有點奇怪，不知道這樣正不正確，回頭想問夏碎學長，突然看見那邊的哈維恩表情很動搖，臉上出現各種羨慕嫉妒恨的糾結表情，還對人參散發濃烈殺意。

……是又怎麼了嗎？

「看來你已經學會怎樣立誓。」夏碎學長微笑地回應我的視線，「晚一點回旅館後，我教你分級立誓的方法，否則如果每次立誓都使用這種程度，會讓以後的接受者很有壓力。」

難道剛剛我用了等級高的方式嗎？

看看自己的手掌，我滿頭問號。

「我眞希望您能用同等程度與我交換隨侍的誓約。」哈維恩的怨婦指控臉再度出現，態度活像是我在大老婆面前和小三交換禮物，還沒分他一份。

可以不要年紀輕輕就讓我體驗這種夾心餅乾的心嗎？

「既然已經決定好了，就如剛才所說，先去收集情報吧。」夏碎學長輕巧翻下駱駝，召出小亭，然後蹲下來幫黑蛇小妹妹做個僞裝，讓她看起來像個普通的小孩，「我有小亭跟著就可以了，晚上旅館見。」

「掰掰，沒情報的回去吃掉喔。」小亭朝我們揮揮手，握著夏碎學長的掌心，蹦蹦跳跳跟著拐出隱蔽處，離開了。

這分明就是把兩顆燙手山芋都丟給我的意思。

我眼神死地看著一臉不滿的哈維恩和一直貼過來的好補學弟，「我看就……」

「剛才疾風只告訴我與藥師寺少主旅館所在地，請問兩位知道嗎？」哈維恩突然勾起冷笑，那表情實在是有陰險，逼得我和好補學弟不得不搖頭，「如果不讓我跟隨你，也只能恕我讓你們今晚露宿街頭，這也沒辦法，我並沒有誓約，即使違反主人的意願也沒什麼大不了。」

可以別這麼記恨嗎？

而且我根本沒點頭答應要收你啊啊啊啊啊！那個主人稱呼別拿出來用啊！

因爲在哈維恩的住宿威脅下，我不得不低頭，最後只好三個人一起行動。

不過沒多久，我就開始慶幸和哈維恩一起行動了。

走出隱蔽處後，哈維恩自動自發地領在路前，和當地小販打聽了城裡大致狀況與一些地標路線，後來帶我們選了條人比較少的路，避開城裡最熱鬧的區域，前往最靠近海灣的市集區——聽說我們的旅館也在那一帶。

「善用外表？」

走在無人的住宅小路，我聽著哈維恩簡單地教我打聽情報的方式，一時反應不過來。

「嗯，我們現在使用的外貌，是商隊做過認證的合格身分，這也就表示這些身分平日有被啓用——爲了『那個部族』方便外出。所以先前這些外表在某些地方必定有點基礎，說不定緣海灣中就有人認識，除了商隊給我們的地點外，若是有人認出，也可藉此多做打聽。」哈維恩說道：「當時在通道中給我們的資料上有標明這些身分的性格與比較喜歡出入的地方，只要別表現得太離譜，應該不至於有意外。」

性格和喜歡出入的地方嗎……

我眼神死了。

那時候滿腦都是到處奔跑的詭異種族，我還眞沒有多看興趣喜好，只隨便看了兩眼，沒記得很完整。

「您沒有完整記清楚嗎？」哈維恩用很友善、但讓我覺得他在鄙視我的淡淡微笑詢問。

「這個太專業了，就交給你吧，我在後面見習。」我用一種「我很信賴你、請別讓我失望」的語氣對哈維恩比個拇指。

「您就老實回答您眞的沒看清楚吧，別硬拗了。」哈維恩秒戳破我的尊嚴。

「學長學長！我記得很清楚喔！可以背給你聽！」

人參不開口還好，一開口我就想騎駱駝撞他。

這年頭，人都不如參了。

第十話 海灣的衝突

隨著逐漸靠近海灣，周圍的建築物風格也出現了變化。

剛進綠海灣所看見的那些建築與沿路攤販還滿現代的，看得出來一直有在進行各種改建，部分雖然仍保持中世紀的樣式，但夾雜在眾多設計風格強烈的建築物之間，也跟著變得很有現代感。

越靠近海灣，周圍的建築則漸漸轉變為中世紀建物的外貌，剛剛甚至還經過巨大的歌德式教堂，本來很想提出觀光要求，但想到我們該做的正事，便硬生生吞回去。

「這是因為海灣附近居住了較多奇歐妖精和海民，所以房舍不太會變動。」哈維恩聽到我的詢問，這樣回答：「城裡商人往來頻繁，地產交易快速，各個種族都會依照自己的喜好更改住所，尤其是人族，所以很多建築會弄得比較不同。」

也是，之前去契里亞城差不多就是這樣……他們連五色雞頭的泰國浴和金龍都容忍了呢，艾里恩某方面說起來真的是位心胸寬闊的城主。

「種族住的地方和我們差很多呢。」好補學弟捱在我旁邊走，不過也一直好奇地觀望四周，「學校裡面也是，剛到時，我是第一次看見那麼多奇怪的房子。」

「……聖地沒有嗎？」我對聖地的概念大概就是水妖精那一類的，之前和雷多他們去找水精之石曾進入過什麼古代神聖遺跡，那些都是被部族環繞，本身有一定程度的建築和特色。

「守護聖地的人住在小木房子裡，我們住在土裡，全部的人都在喔！」學弟很天然地露齒笑。

那到底是什麼聖地？

我記得之前聽到的的確是神靈聖地，所以是個充滿人參部落的聖地？神靈的神聖菜圃？

這年頭連種人參的地方也可以變聖地了啊哈哈哈……

不過說回來，他們可以插在土裡一直插到得道變精，那塊聖地估計真的靈氣很旺盛，可以一次讓一大堆人參都變成精。

丟開滿腦子都是好補學弟哇啦哇啦亂跑的可怕聖地幻想，我決定無視那個可能會重擊人的精神的神聖菜圃，反正這輩子應該沒機會去，別想太多比較好。

駱駝快速經過一條有點隱蔽狹窄的巷子，領在前面的哈維恩突然停下來，完全不用招呼，他的駱駝停下腳步，我和好補學弟的駱駝也像是約好一樣自動停住。

哈維恩沒講話，將手按在腰刀上。

過了一會兒，巷內陰影中陸續走出幾個人，打扮很普通，還披著不太顯眼的破舊斗篷，隨著這些人的出現，周圍被布下了一層阻隔結界，力量感還不低。

「看你們這些商人用的駱駝訓練得很好，應該有不少好貨物吧。」約莫七、八人中有個頭頭樣子的中年男子站出來，「通通留下來，不然就讓你們消失在世界上。」

原來是搶劫。

我默默往後方瞥了一眼，果然也有人出現，把我們包夾在小巷子裡了……這些就是到處流竄的盜匪嗎？因爲總覺得自己的衰運不會退，所以這些人冒出來沒什麼好意外的，應該說看起來這些都算是低等級，有個哈維恩擋在前面，我就默默地再掏出一袋零食。

「廢話少說，我也找你們這些人有事。」冷冷地甩出刀，哈維恩跳下駱駝，「正好想趁晚上去抓幾個盜匪來逼口供建功。」

……你晚上是想要去哪裡大屠殺？

看著哈維恩露出的陰險冷笑，我默默吃起零食。

前頭立刻拋來話語：「如果您爲了壓抑表情，每次都得吃零食，很快就會胖得走不動。」

我無言地盯著哈維恩的背影，想把零食整個砸到他頭上。不過丟完上面那段話後，哈維恩已衝出去和盜匪拚鬥。

雖說是拚鬥，但他一開始就往巷內陰影走去，接著瞬間消失身影，下一秒再出現時已在其中一名盜匪身後，還眨眼擊暈對方，很明顯就是夜妖精慣用的暗殺手法。

不知道把他和萊恩擺在一起互殺誰會贏？

盜匪那邊也因爲哈維恩的身手有了瞬間的騷動。

「這是哪個妖精族的手法？」看著第二人又被幹掉，首領和周邊手下強烈警戒四周，然後朝我們後方比了手勢。

「學、學長……他們過來了……」戰力不知道是不是負的，但是撞擊力絕對是上萬的好補學弟哭喪著臉靠過來，整個人抖個不停。

——你一個一個把他們撞死不就得了嗎。

我冷眼看著抖抖參，覺得最沒資格抖的應該是他，這根參連哈維恩都撞得動，大概沒多少東西是他撞不飛的。

推開人參，我拿出米納斯，趁盜匪還沒衝到面前先開槍，不然給他們眞衝過來打近身戰，我就只能和學弟抱在一起尖叫了。

四個從後方衝來的盜匪有兩個被黏膠黏住，另外兩個在黏膠拍上前揮出隨身盾牌避開了殘膠，翻身往我們這邊砍過來。

「哇啊啊啊啊————」比我還快慘叫出聲的好補學弟嚇得往後一縮，但他卻往前衝了……不對，應該說我們兩個都往前衝。

「停下來啊啊————」我抓緊駱駝的韁繩，完全沒想到駱駝竟然會在這種時候暴衝！要衝就算了也不應該往敵人的方向衝喂！到底是誰說這些駱駝訓練精良的！

還沒叫學弟一起跳駱駝，勇往直前的兩匹駱駝前端傳來了金屬碰撞聲，匡的清脆一響外加擦起火花，出現在我們眼前的畫面是駱駝的正面已經各自轉化成一金一銀的顏色，像是金屬一樣硬生生擋下盜匪砍過來的刀。

接著那種金銀顏色蔓延開來，從脖子延展至身體，最後是尾巴，我胯下直接變成一匹巨大的金光閃閃駱駝，瞬間閃得我眼睛有點痛。

爲什麼到這種地方還要被五色雞頭的專屬色閃到啊！

沒讓我有太多思考時間，身下駱駝的動作突然變得飛速，就像我看見那隻和五色雞頭一起私奔的駱駝一樣，牠差點把我晃飛出去，我只能用力抓住韁繩，眼睜睜看著金駱駝帥氣一甩尾，啪的聲那條金尾巴像鞭子一樣打上盜匪。

盜匪險險彎身避過，但緊接而來的是駱駝後腿踢……這根本就是格鬥駱駝的節奏啊！

不過能躲開黏膠的盜匪也不是省油的燈，連連避開駱駝之踢，最後避開駱駝無影腳，一踹牆壁整個人翻身飛起，打算凌空給我一刀。

說時遲那時快，駱駝一轉身，呸的一聲飛出一坨金色我很不想形容的液體，直接射在盜匪臉上，根本沒想到會被金口水吐臉的盜匪瞬間失去平衡，像是被青蛙舌頭射到的蒼蠅一樣，整個人顛倒摔回地面。

駱駝像是什麼擂台大贏家般威風凜凜地走上去，一腳踩住盜匪，還多吐了一口口水。

這時候我完全相信了疾風所謂的精良訓練，這個未免太精良！這根本是戰鬥駱駝吧！有沒有人家裡的商隊駱駝自帶武功和暗器的，竟然可以遠程吐口水，近程肉體戰！這駱駝如果不會對人吐口水還眞的想要一隻，感覺比色馬還威。

逐漸褪去金屬色，駱駝轉過頭，依舊踐踐的臉嚼著嘴巴看我。

我立刻從袋子裡摸出蘋果貢獻給駱駝王。

哈維恩將所有盜匪都綁在一起。

大概是要逼口供，所以他沒下重手，留了兩、三個醒的，剩下的都打昏。

「現在海灣是什麼情勢？」蹲在首領面前，哈維恩把玩著手上小刀，然後看了我一眼，收起刀，「因爲你先打劫我們，說謊我就給你一刀，說實話我就照情報人的錢給你，這對你們而言不錯吧。」

首領的表情有點意外，好像哈維恩說要給錢是什麼很搞笑的事，「你們究竟是哪個族？奇歐妖精哪有這麼好心！」

「我的主人不喜歡殺人，你可以選對你有利的，我們剛到綠海灣，想找人和打聽事情，就這麼簡單。」哈維恩勾出一個沒有溫度的冷笑，「但如果不配合，即使今天不殺你，在我主人沒看見的地方，我也會追上你。」

……你在我面前說得這麼直接好嗎？

我剛剛還有一秒感動這黑小雞居然顧慮到我的心情，下一秒就覺得他還是很凶殘，這還不如現場被殺呢，之後才追上去根本精神壓力。

好補學弟看看哈維恩，又看看我，好像想做點什麼，我在他眞的想「做點什麼」之前先抓住他的腦袋，以免他又給我亂來。

盜匪首領思考了半晌，見哈維恩確實沒有騙他的意思，便點頭，「問吧，別碰我的人。」

「你們是流竄在綠海灣那些海盜之一嗎？」看首領點頭，哈維恩繼續問：「有多少批海盜？爲什麼你們會這樣到處流竄？照理說海盜即使被擊潰，也會想辦法回到海上，不是在陸地上變成流寇。」

被哈維恩這麼一說我才發現，之前情報的確是說海盜變成流寇了，而且還竄進商道裡到處亂跑，這樣好像不太合理。

「你應該得先問最開始的原因才對吧。」首領冷笑了聲，盯著哈維恩看了半晌，開口：「難道你們沒有從奇歐妖精的嘴裡先套過話嗎，那些死妖精已經審問過其他海盜，隨便問就可以問出來了。」

哈維恩沒有回答他的問句，只是瞇起眼睛。

「欸……」我突然有點事情想叫哈維恩，不過這裡不能叫眞名，我也沒注意他假名是啥，一時愣住，不過幸好哈維恩自己轉過頭，「好像有人會經過，換個地方？」巷子外有點聲音，我覺得繼續在這裡問不太好，會引起附近居民的注意，天知道摔倒王子那個種族會不會像他本人一樣難溝通。

哈維恩看了看一大群盜匪，又看回來，好像在等我決定。

這個你決定就行了啊！我在實習啊喂！

不過因爲首領也看過來了，我只好硬著頭皮說：「帶這個走，其他的放掉吧。」反正哈維恩本來就有放掉他們的打算。而且那個首領講話語氣還滿、滿……該怎麼說？應該是有唸過書，不會很粗魯。

首領挑起眉，冷笑了聲：「看你這小妖精沒什麼力量，我會找個機會砍了你逃走，當然還會搶走所有的貨物和錢。」

「在你做這些事之前，我會扯斷你的四肢。」哈維恩語氣冰冷地警告中年男人，「然後一一捉回你的手下，在你面前全部活活放血至死。」

「他眞的敢，你還是饒我的命比較好。」我吞吞口水，頭皮發麻。

站在旁邊的駱駝再度變金色，流氓臉地嚼著蘋果核，在首領面前抬起金光閃閃的蹄子。人生有駱駝護衛至此，我還能要求什麼呢，就希望駱駝不要再吐我口水。

首領大概是接受了我們的提議，或者是不想被駱駝踹，總之他半晌後開始交代旁邊還醒著的手下撤回藏身處，沒他命令不要出來之類的話語，接著才朝我們聳聳肩。

哈維恩揮出腰刀，俐落地削斷這些人身上綑牢的繩子。

「走吧。」

❋

我們走了幾條街，在一間很普通的餐廳前停下來。

會選這間是因爲餐廳邊有個很大的圍籬，裡面有其他騎獸，哈維恩說這是招待往來商隊的店，就讓出來迎接的店員牽走三匹駱駝去休息。

拉走前，我塞了一點通用幣給店員，拜託他一定要給駱駝餵很多蘋果。

進餐廳時，裡面已經有些人了，大概是兩、三個不同的商隊，都是六、七人左右，各自圍著木桌聊天吃飯，氣氛有些熱絡，空氣中充滿肉和酒的味道。不同語言交談笑鬧的聲音只在我們進來那瞬間停頓幾秒，伴隨各種視線，很快又繼續恢復原本的吵鬧。

店員在我們的要求下給了我們一間小包廂，隔絕外面那些吵鬧，室內立即變得安靜許多。

盜匪首領很不客氣地點了一大杯酒和一盤肉，好補學弟小心翼翼地只要了杯水，我還看到他把某種東西加進水杯裡搖一搖，坐在我旁邊慢慢喝。

「綠海灣的海盜是怎麼回事？」既然有了安靜的空間，哈維恩加上一層自製的結界後，繼續剛才的訊問。

我看沒我的事，就不客氣地開始吃我點的雞肉咖哩套餐……好吃！

「你怎麼會跟這種小孩？這小妖精看起來沒啥力量。」首領沒馬上回答哈維恩的問題，反而是鄙視地瞄了我一眼，「還不如和我們混，海上多自由。」

「森林妖精不適應水上的空氣。」哈維恩回給對方冷冷的話語，「你再批評我選擇侍奉之人、而不是回答，我就──」

「好了，不就是外地人想知道情報嗎。」首領揮揮手，擺出合作的樣子，然後逕自咬起肉塊，「可以打包嗎？我那些手下最近吃不太好。」

我想想身上還有錢，出門時也帶了那張有著大筆存款的卡，就點頭，「可以啊，等等我給你包多一點。」眞不是我要說，平常看習慣商店街那些水晶、符咒的價錢，看食物就覺得食物實在是便宜到讓人想哭，之前我買的一盒狸貓葉子都可以打包二十幾份首領那盤肉了，好想叫我快死光的金錢觀活得正常一點。

「爽快的小妖精！」首領朝我比了記拇指，整個人放鬆不少，接著他嘆口氣，「如果不是因爲那艘該死的船和奇歐妖精，我也不用向你這種小孩低頭要飯吃，魔角峽上我們可是大名鼎鼎的角鳴號。」

「魔角峽很遠。」哈維恩皺起眉，「在世界的另一端。」

「現在要解釋了啊。」

首領一邊咬著肉，一邊開始講古。

最初，他們就像平常一樣，讓角鳴號充滿光榮的旗幟飄揚在海風當中。

帶著濕黏的鹹鹹海風中傳來的是半途搭乘上的那個旅行吟遊者的彈奏歌聲。

「不是我要說，我一直覺得那傢伙唱得太難聽了，很想半夜打昏他丟下海，不過他付的船資很多，只好繼續讓他鬼哭神號。」首領喝了一口酒，露出懷念那種鬼哭神號的表情，可能現在讓他上船，就是再來十個鬼哭神號他也願意，「不久之前，聽到海上傳來消息，說綠海灣在攻擊海盜，海上很亂，所以航線最好繞開，因爲隔得太遠，我們也不在意。」

「咦？我聽說是海盜攻擊綠海灣。」我記得當時聽說的是一群小海盜盤據在這邊，後來越變越大，吸引了很多海盜和海族相互挑釁打起來，狀況才變得惡劣。

「不不，那肯定是官方說法。」首領搖頭，「海上的消息是，雖然常常有人打劫綠海灣——畢竟這裡是大型商城、很油，不過因爲有奇歐妖精鎮守，加上商船都會有護船者，所以海盜只圍繞在外海趁機襲擊，很少打進到海灣。是有一天奇歐妖精先攻擊海盜，那些海盜才回擊，後來奇歐妖精又趁夜襲擊海盜船隊，人家當然也是要報復的，就帶隊反擊綠海灣，才打起來。」

這就奇怪了，當時告訴我情報的是黎沚，黎沚不會、也沒必要騙我。

首領做了個先把這個問題放到旁邊的手勢，「反正，本來我們是不打算管這問題，因爲太遠了和我們無關。」

雖然是這樣打算，但幾天後，魔角峽附近突然多出好幾艘陌生船隻，驚動了那一帶的海盜，所以引發幾次衝突。

拿下那些船隻，大家才驚覺這些陌生的船竟然是從綠海灣來的。

「被傳送過去嗎？」哈維恩很快抓到重點。

首領點點頭，「嗯，根據他們所說，他們原本在和奇歐妖精戰鬥，但是突然就出現在我們的海域上，他們也搞不明白，因爲船上的術師完全沒探測到巨術的發動。」

接著又過幾天，再次出現了幾艘船，而原本在魔角峽的海盜船突然消失了幾艘。

「和我們有交易往來的幾個船長，消失之後的翌日傳訊求援，說他們突然被拉進綠海灣，正在和奇歐妖精戰鬥，狀態非常緊急。」

首領說有些海盜船隊立刻開始聯結巨術，打算轉移到綠海灣，也確實讓他們轉移過去了，魔角峽的海盜短短幾天內消失了大半。

陸陸續續，各地也有類似的海盜失蹤情況發生，大量海盜船隊便進攻綠海灣要討個說法；駐紮在綠海灣的奇歐妖精也確實很剽悍，不斷拿下海盜船，試圖在沒有其他勢力的介入下處理掉這些事。

沒多久，就輪到角鳴號了。

「我們同樣有一天突然出現在附近，當時公會已經和海盜開幹了，海域亂成一片，竟然還有好幾個罕見黑袍；也不算白來一趟啦，要同時看到那麼多黑袍確實很難得。」首領還露出一點敬佩的眼神。

不，其實同時看到那麼多黑袍很簡單，你只要住在宿舍裡就可以了，然後當你連個鬼都驅逐不了整個人很煩惱時，那些黑袍還會圍觀看笑話。

我眼神死地看著首領，突然覺得他好天眞好傻。

「總之，因爲狀況太亂了，我們被判定成海盜一員，沒辦法解釋，就先打再說了。」首領抓抓頭，「哪知道打到一半時，奇歐妖精那裡突然出現戰力超強大的戰船，還帶著奇怪的法術，突然把很多船打到海底，還強硬地將船給封在海底。我們那時候是趁亂逃出來的，還有很多船員在船上來不及離開。」

事後，首領和其他海盜船的船員一樣，試圖返回海底想解救自己的船隻，但一靠近就被彈開，而且還被傳送到岸上，怎樣都下不去；而奇歐妖精又滿城市追捕，所以他們不得不躲起來，部分海盜聯盟起來重新組織，部分成爲流寇，和一些強盜、山賊廝混在一起，到處流竄興風作浪。

「不過唯一慶幸的是，我們大半船員雖被封印在船上，但看上去沒有危險，好像只是在船裡睡著一樣，還活著。不過我們所有錢財寶物都在船上，身上連點錢都沒，又遭到追捕無法找個打工，這段時間只好搶路人或偷東西才有飯吃。」首領抬起手，拉起袖子，「然後我們也不知道是怎麼回事，在……」

首領的話還沒說完，我們所在的包廂突然一個震動，哈維恩瞬間反應過來，甩出術法固定住差點被人擊破的保護結界。

好補學弟整隻嚇得往我身上一跳，緊緊抓住我的腰，我立刻把他剝下來。

「怎麼了？」我看外頭好像又有什麼繼續要闖哈維恩的結界，再度傳來了幾個破壞聲。

「有人想衝進來。」哈維恩用「我在說廢話」的表情看我，接著抽出刀，「攔不住，可能是衛兵。」

果然不到幾秒，結界崩潰，包廂入口站滿了綠海灣衛兵，全部用武器指著我們。破壞掉結界的幾名術師往後站，衛兵頭頭站出來大喊：「有人舉報這裡有通緝犯！快點交出來，不然就把你們全部判定同夥處置！」

其實我也是通緝犯呢！

我摸摸臉，感到人生淡淡的心酸，都不知道怎麼回事就被公會通緝了，回去還要被燒魔女，我容易嗎我！

「麻煩了。」盜匪首領嘖了聲，把最後一塊肉吞下去，「小妖精，你要交就交吧。」

照理說好像應該要把他交出去，可是我覺得這個首領似乎真的不是壞人。

哈維恩擋在我們前面，微微偏過頭看我，「你下命令。」

「我……」

可以給我一點時間考慮嗎？

這種狀況，好難決定啊！

就在我有點放空不知該不該交人時，外面再度傳來新的騷動，而且還有什麼人驚恐地痛號，似乎被很不得了的東西給輾了。

接著是衛兵隊後方有人飛了出來，正好在我們從門框往外看的視野中劃出一道完美的弧度，最後落地。

在一片譁然聲裡，由外殺進來的吆喝聲輾過了衛兵的屁股。

「滾滾滾——都給本大爺滾！」

人生就是，還想直直走的時候，總是有個人會來把你的路扳彎。

※

「吠！大爺才去賞個花，你們這些蒼蠅就來圍屎！」

你才是屎，你全身都屎。

騎著黃金駱駝的五色雞頭華麗麗地踹開了擋在他前面的衛兵，後方衛兵隊很快從吃驚中恢復理智，擺開架式要一舉拿下入侵者時，好幾個人突然又被撞開。

流氓臉的黃金駱駝跟在後面衝進來，還嚼著蘋果核，用好像救世主的姿態踩過衛兵隊長來到我面前，流氓地俯看著我。金駱駝後頭還有兩隻銀駱駝，分別是好補學弟和哈維恩那兩隻。

就這樣，由五色雞頭領首，發著金銀閃光的駱駝群瞬間踩平了衛兵隊。

……疾風，我眞的很想知道你們商隊是怎麼訓練這些駱駝的。這些駱駝眞的很不對勁，感覺好像不是正常的駱駝。

……

………

我在胡言亂語什麼！牠們本來就不是正常駱駝啊啊啊啊啊渾蛋！

「走吧。」哈維恩也不管我的心有多衝擊，立刻把我推上金光閃閃的駱駝背上，然後把好補學弟也丟上去。

接著他一轉身，我以為他是要把首領拉走，但並沒有，他摸了摸腰包，把裡面所有錢掏出來，我目測至少有十幾枚金幣，是很大一筆錢，他就這樣把那些錢塞到首領手上。

「你不是海盜。」哈維恩淡淡開口：「我的主人會希望你收下這筆錢，先和你的人躲起來，不要再幹盜匪的事，安靜地等待綠海灣的異狀解除。」

不是海盜？

我愣了下，然後捏大腿，盡量不要讓表情太訝異。

盜匪首領看著錢，又別具深意地看了我一會兒，勾起笑，「小妖精，我小看你們了，那就不客氣了。」

「……你要記得買肉啊。」我也不知道該講什麼，尷尬地只講了這個。

首領揮了下手，「這份人情我總有一天會報答，我是奇達嘉，角鳴號冒險船船長，未來你們如果來到魔角峽，我保證你們不會受到任何人的侵擾。」

說完，首領腳下拉開陣法，瞬間消失在我們面前。

「漾～那誰？」不知道從哪裡回歸的五色雞頭用一種「他每次離開我都背著他做好事」的語氣發問。

「他剛不是有說，奇達嘉啊。」不過原來他不是海盜，是冒險團，哈維恩是怎麼看出來的？

「先離開再說。」哈維恩跳上駱駝，靠近我旁邊時傾過身跟我要了點錢，然後丟在櫃台上算是結帳和賠償，接著我們很快就離開餐廳。

駱駝一路進來好像踩掉不少人，從圍籬到餐廳的這段路歪七扭八地躺了很多屍體……啊，活的，沒被踩死。

直到我們藏進一處比較偏僻的巷內，遠離餐廳後，哈維恩才回應我的詢問。

「他一開始時說了光榮旗幟，我認爲可能是船旗受過賞賜的船隻，雖然海盜船也有可能，但海盜不會特意這樣形容海盜旗。」哈維恩用冷冷的語氣爲我解釋：「隨後提及吟遊者付了船資，而他也沒把吟遊者扔下船，吟遊者甚至很放心地在上面唱歌，以及他們『被判定成海盜』等等話語，這表示他的船並不是一艘海盜船，而是能做交易的合格船隻，只是與商船、海盜船均有所往來而已。基於海盜船會向他們求助或傳遞消息，我認爲比起正規商船，他們更像是冒險者或傭兵船。他很在意自己的同伴，甚至願意低頭向我們要求食物，經歷過大小冒險的冒險團隊較爲符合，所以我將錢全部給他，我想你會希望這樣。」

確實，如果知道他們是冒險者，我一定會先把錢和食物給他們，不然他們因爲沒吃的再去搶別人也不行。

看著沒表情的哈維恩，我發自內心地感謝他，「你做得眞是太好了，謝謝你。」沒想到這個黑小雞居然可以通解人意成這樣，眞是太出乎我意料之外，我還以爲他只會砍人。

哈維恩仍然沒表情，但僞裝過的白皮膚耳朵有點紅紅。

「看來大爺離開一下，你們就遇到很多好玩的事啊。」五色雞頭歪著頭看我，接著露出邪惡的笑。

「……你到底跑去哪裡，怎麼找到我們的？」我看著人生不知已迷失多少次的五色雞頭，開始思考以後要不要給他一槍，把他打死拖到目的地會比較好一點。

「大爺被那些商隊的人帶進城之後，這隻東西就自己跑來找你們啊。」五色雞頭指指他騎乘的那隻已變回正常顏色的不正常駱駝，「跑到那間店附近時，那邊全都是衛兵，突然就看到你們的騎獸衝出來踩人，大爺就想你們一定又在放火燒店！竟然不叫我！」

沒人放火燒店！

而且沒有「又」！

五色雞頭還想再說點什麼時，我們身下的駱駝突然集體變色，哈維恩同時布下防護結界，眨眼成形的結界擋下了從四面八方射來的箭支，但並沒有全部擋住。

顯然蘊含某種高級法術的箭有幾支炸出破壞法術，藉此穿透防護壁，也射破米納斯及時拉出的水幕，即將射穿我的腦袋前，被旁邊的哈維恩一把抓住。

巷子四面八方出現大量綠海灣衛兵，將我們團團包圍。

「剛好趕上熱鬧。」五色雞頭甩開獸爪。

哈維恩擋到我面前。

黃金駱駝伸出黃金右蹄。

就在這殺氣騰騰的時刻，我聽見旁邊傳來戰戰兢兢的低喊聲，軟軟的聲音好像快哭出來。

「學長……」

好補學弟不知所措地拉著我的衣角。

低下頭，我看見一支沒被擋住的箭從他的背脊貫穿胸口而出。

《特殊傳說Ⅱ恆遠之晝篇．卷二》完

番外．其二、夜歌

他們的心一直空蕩蕩的。

自能仰望樹間那片夜空開始，這份在心中似乎缺少了一角的孤寂感始終存在。

不用別人明說，懂事後，他自然而然就明白，這是被賦予的種族責任遭到解除的空蕩，等同於他們在這個世界上不被需要，不用執行任何世界加諸於他們的責任；他們只要就這樣安安靜靜的，沉默在黑色的森林中，不言不語地慢慢渡過漫長生命，直到時間靜止。

原先，他們與所有生命一樣擁有種族使命——

導讀夜之語言，侍奉黑色種族之首歸正必有的定律。

沉默森林，最初始並不叫沉默森林，而是失去使命後從此沉默。

夜妖精們噤了聲音，不再吟唱黑夜的夜之歌，停止了那些傳唱於黑夜中的細語。

但是，不可怨恨侍奉之主，已經失落的黑暗一族爲了避免戰火燃燒所有相關種族，於是毅然決然地扛起殺伐與針對，解除身側全數黑暗種族的任務。

失去了劍、失去了盾，失去了語言和智慧，失去了歷史和傳承，失去了一代一代的血脈與記憶，然後收攏羽翼，花了數千年讓其下的黑暗種族紛紛棲伏於不被人所見的安全之地。

他們並沒有任何怨恨，只是覺得很悲傷，那種無法隨侍在側的哀傷一直緊緊貼附在孤寂的血液之中。有些種族或是夜妖精兄弟不像沉默森林，慢慢地被心中的黑暗啃食，憎恨起白色種族，一次次蕩起了各種征戰殺戮，再一次次被白色種族消滅，扭曲了存在的生命與意義。

於是，他們只能藏得更深，直到白色種族都忘記這些。

爲了填補那種空蕩，很多人選擇轉移目標，或是開始冒險、或是投入傭兵任由差遣……但不論再怎樣忙碌、面臨生死，那份孤涼卻從未消散過一分一毫，而是更加明顯地提醒他們——沒有任何責任，他們不再被世界需要，就是死，也不會影響任何事情。

「哈維恩。」

他轉過頭，看見同族武士快步朝他走來。

他們是同期被認可並授與武士榮譽的同伴，雖然都很年輕，但從得到武士之名開始，他們就已各自能夠帶領小隊，保護這個寂靜的夜妖精之地，是少數和哈維恩比較談得來的朋友。

「你不是已得到攻擊隊了嗎？怎麼會在這裡？攻擊隊才剛效忠，正是該訓練的時候吧？」所謂的這裡，指的是沉默森林的出入口處。

哈維恩看著友人，語氣平淡地開口：「訓練隊已服從了，前戰士會依照我指定的進度訓練，我得到了族長的同意可以隨時進出。」

「進出？」

「嗯。」看了眼沉默森林深處，哈維恩瞇起眼睛，「總是該有人解決『那個』，我接受學院的邀請，現在開始會按時去學院上課，聽說那裡有很多古籍資料，或許可以找到辦法。」

闖進沉默森林並住下的可怕存在已嚴重威脅到沉默森林的存亡，雖然有許多人離族尋找將其驅逐的可能，但卻怎樣都敵不過那股恐怖的力量。

唯一慶幸的是，只要不踏入一定範圍，就不會受到致命攻擊。但即使如此，也沒有任何種族能夠容忍外來且能毀滅全族的恐怖威脅存在族內。

哈維恩想想，補上一句：「也說不定能在學院中找到助力。」

青年拍了下哈維恩的肩膀，「要去那麼多光明種族的地方……你小心。」

這是光明種族統領世界的時代，雖然夜妖精的使命已被遺忘，但對於夜妖精的黑暗身分，光明種族仍相當排斥。夜妖精在外行走時，不時會得到許多不善與敵意，不過也沒什麼，就如他們同樣不喜歡那些光明種族般。哈維恩自信自己看見光明種族落單時也會把對方揍一頓，大家彼此彼此。

「放心，我的成績一直很優秀。」看著面露擔心的友人，哈維恩說道：「不會輕易被外人襲擊。」夜妖精的教育一向是在敵人出手襲擊前先襲擊對方。

想想眼前的人是同輩中極爲優秀的菁英，青年點點頭，「那些白色傢伙如果找你麻煩，就揍他們，加上你的攻擊隊和我的攻擊隊，圍毆不是難事。」

「我也這麼認爲。」哈維恩完全做好要殺一、兩個光明種族作祭的準備。

於是，他便離開了沉默森林。

❀

出乎意料之外，學院並不排斥黑暗種族。

不……應該說大部分不排斥，仍有部分相當討厭黑色的存在，但學院與師長本身對這些並無意見，甚至護衛學院的黑袍還是名惡魔。

首次離開沉默森林遠到他方的哈維恩，對這些感到很吃驚，雖然沒有表現在臉上，但學院的一切皆讓他很吃驚，而且如果不是因爲他身手極好，可能在入學的第一天就死了。

就算他徹底看完學院送來的那本特厚入學本子，也已有所準備，可是親身體驗時才發現那本保命警告根本沒有寫出這學院危險程度的十分之一……說不定連百分之一都沒有。

基礎的警告都寫了，不過當危險的事物與危險的事物混合，立即就會再產生書上沒寫的新危險；還有第一天各種相斥種族本能性地發生大小衝突鬥毆，致使他在踏進學院的第一天便目送大半學生的屍體消失在遠方。

估計是因爲大學部與聯研部很多都是直升的學生，所以死亡率並沒有國、高中的高，不過也死得只能先放學了。

「沒想到會在這邊看見罕見的夜妖精。」

聽見身後傳來有些溫煦的聲音，哈維恩面無表情地回過頭；後方站著名青年，正友善溫和地朝他微笑，「席雷・戴洛。」

瞬間曉得對方是眞的很友善、沒任何敵意，那雙眼睛裡也毫無歧見，他想了想，報上自己的名字：「哈維恩。」

「不介意的話，或許我能替你介紹學院。清楚規律後，你就不會擔心學院的那些小機關了。」戴洛相當自然地走了過來，讓哈維恩反射性地繃緊身體警戒對方，但這沒讓對方停下熱情的態度與腳步，「而且我想你應該會很想知道一些校內設施，我們學校最出名的是圖書館，你肯定會想去看看……」

哈維恩很確定自己沒有表現出任何擔心的情緒，也沒有表現出要收集情報的態度，眼前的人卻說出了這兩點，讓他皺起眉。

「我是狩人。不須懷疑一名狩人，在任何時候，狩人都不會是敵人，雖然可能會有些惡作劇。」像是察覺他的疑慮，戴洛爽朗地露出笑容，「黑色或白色都一樣，只要是迷途者，我們都會爲其指引道路。」

這個人也有種族使命。

哈維恩在心中嘆了口氣，缺了塊的靈魂隱隱作痛。

「不用了，套著一層皮的白色種族眞讓人不敢信任。」冷冷擋開了友善，哈維恩選擇相信自己多疑的天性，夜妖精與生俱來的黑暗性格拯救過他們很多次，讓他們不過於相信別人，避開了許多光明種族設下的誘殺、黑暗種族的相殘。

再怎樣和諧的學院，都不可能存在著純粹的友善。

光明與黑暗種族長久以來的血戰，讓所有人的血液、靈魂中早刻進了相互憎惡，就算沒任何意見，看到彼此的瞬間還是會皺起眉。

「有那閒時間，去照顧你們的盟友吧，夜妖精不需要多餘的注視，也沒必要接受外人的照顧，不適合而被淘汰本來就是理所當然的事。」冷冷打斷狩人還想說的話，哈維恩拒絕對方想伸出的手，轉頭離開。

如果今天人死太多直接放學，他也沒必要繼續和誰糾纏，先把校內狀況大致了解過後，就開始進圖書館調閱他想要的資料。

在這個學院內能學多少還不知道，但可以正大光明地在這裡學習他就不會客氣，他會儘可能地把在這裡學到的各種有益於族內的東西都帶回沉默森林，這個過程不須和那些白色種族假惺惺地玩友情遊戲。

瞄了眼還想說什麼的異族，哈維恩走入陰影，很快地甩掉對方。

正式上課後，很快便習慣了學院教學模式與課程，哈維恩在第一次考試拿到非常優異的成績，讓老師們很滿意。

說句眞話，哈維恩相當尊敬這些師長，他們甚至毫無藏私地教導他這個夜妖精，發現他是眞的努力學習後，也不吝於課外多加指導，還推薦他幾個社團，讓他儘可能學到更多……然後幫忙處理一些亂七八糟的事。

有個老師還問他攻擊隊能不能搶銀行，確定對方是在講眞的之後他就對這些師長徹底改觀了。

所以比起同學，哈維恩更喜歡和師長們相處。學院裡的老師雖然有時候言行不太對勁，但都是貨眞價實的底子，深得讓他完全看不見底、首次這麼敬佩起外族人。

「啊，又見面了。」

回過頭，他看見那名叫作戴洛的青年快步走來，態度自然熟稔地往他肩上一拍，「學校適應得如何？」

哈維恩揮掉肩膀上的手，「不須你費心。」

戴洛端詳了他一會兒，依舊笑容滿面地開口：「總覺得說不定你能和我弟弟處得很好，阿利很容易和各種性格的人打成一片。」

青年的弟弟是誰，哈維恩當然知道，這對兄弟、尤其是弟弟，在學院中相當出名，第一天戴洛來搭話時他就已把對方的身分查了個遍，也知道他們的袍級資格。這露出無害微笑的青年年紀輕輕便擁有相當高等的袍色，非常不簡單。

不過，哈維恩不認為對方有辦法處理沉默森林中的威脅。

事實上，他曾拿沉默森林的問題委婉詢問過幾名和他比較相熟的師長，但還沒找到可用的方法。

他猛然抬頭，看著說出這句話的戴洛，後者並沒有懾於他警戒的神色，繼續開口：「像是迷失在時間道路之中，還遺失了非常重要的東西。」

「你看起來真的很迷惘。」

遺失重要的東西嗎？

如果眼前的狩人喪失了指引的使命，或許就能知道他的感受。

正想將手移到身側短刀上，哈維恩停下動作。

戴洛回過頭，笑容滿面地看著朝他們走過來的人，「阿利，你怎麼會來這裡？」

高中部的男孩先是向兩人行了個簡單的禮，等戴洛向哈維恩略略介紹了下，才回答戴洛的問句：「公會派了任務，可能要麻煩你和我一起走一趟了。」

「……不會又是你設的陷阱吧。」戴洛拍拍男孩的肩膀，「說了你那些程度坑不了我，別每次想要做我會阻止的事情就耍小花招。」

「是啊，我也考慮是不是使用看看古代大術，如果請幾位認識的朋友一起製作，說不定能困住你點時間。」男孩微笑地說著。

不知道爲什麼，哈維恩看著對方極度溫和的笑，覺得背脊一陣冷。

「又開玩笑了，古代大術就連黑袍都不易發動，更別說隨意找人。」戴洛不太在意地笑了笑，然後轉回哈維恩，「抱歉，那麼我們先走一步了。」

哈維恩冷眼做了個請的手勢。

遠去的兩兄弟不時交頭接耳，似乎是在講些什麼，戴洛抬起手往自家兄弟頭上揉一揉，露出又好氣又好笑的表情。

確認他們離開後，哈維恩甩出短刀，橫劃過從他身後殺出來的人頸子上。

「就這種能力想暗殺夜妖精，不覺得太不自量力了點嗎。」看著一臉憤慨的學生，哈維恩蔑視地冷冷一笑，「死了也不能怪別人。」

說完，他直接割斷對方的脖子。

在這個學院即使死了，也不會眞的死，所以哈維恩應付這些暗殺者當然不須手下留情。

雖然校內大多人不介意黑色種族的存在，但總有少數人自恃正義想來驅逐黑色；踏入學院這段時間以來，他沒細數，反正不下十數人，還不算復活再來的。擦去刀上的血珠，哈維恩看了眼倒在地上的屍體，直接跨過，正要離開時突然聽見自旁邊圍觀者傳來的低語——

「骯髒的黑暗皮膚。」

下一秒，哈維恩的短刀穿透說話者的頭顱，力道大得直接把對方釘在後方牆壁上，引發周圍其他人一陣譁然。

「我以我的膚色爲榮。」哈維恩走上前去，無視周遭目光，握住刀柄，抽回刀，甩掉沾黏在上頭的液體，「至於說人閒話者，就該有被報復的準備，雖然你已經聽不見了。」

這次四周眞的安靜下來，連一點聲音都聽不見。

哈維恩冷冷掃過這些光明種族的臉，冷哼了聲離開。

※

之後，不只學校，校外也開始了各種動盪。

彷彿像是什麼準備好了一樣，學院戰開始前，各地已出現大小不一的襲擊，沉默森林外同樣相當不平穩，所以哈維恩被召回族內，暫時停止課程。

「總覺得好像有什麼大事要發生。」

甩去刀上的血珠，哈維恩轉過身，看向族人，同樣帶著攻擊隊的青年冷眼看著地上橫躺的入侵者屍體。「光是禁忌之地的事就已夠人心惶惶了，希望那些光明種族的事情不要再波及沉默森林。」

「魔森林的監視務必得再加多。」哈維恩皺起眉。光是他回來的這段時間，就已出現三起因外人誤闖魔森林，導致魔使者大開殺戒波及到沉默森林的事。長久下來，族人們非常懼怕和魔森林相關的一切，就連在附近巡防守衛的隊伍也十分驚懼，越來越多人不願意前往防衛。

「這是當然。只不過看著魔森林，我們是如此地懼怕，而且不知道該為何而……」

族人的話停下來，但哈維恩理解他的意思。

沉默森林不知道該為何而戰，他們知道自己應該保護族人、守護夜妖精，讓沉默森林和夜妖精延續下去，只是心中空蕩的那一處提醒他們，他們沒有任何使命，就僅僅是活著延續血脈而已。即使再多產業、加入冒險團隊，學習更多，他們也僅僅是活著，再也沒有什麼需要他們的存在，他們活著並沒有任何意義。

哈維恩看著銀亮的刀面，上面倒映出他動搖的眼神，他隨即收起。

「別想那麼多，現在能做的就是繼續等待，終有一日我們等待的人會再次出現。」看著不安的族人，他也只能這樣說，就像無數次對自己說的一樣，「世界不會永遠屬於光明種族。」等到黑暗重回大地的那天，他們所等待的……應該也會回來吧？

青年看著哈維恩，搖搖頭，將長刀收回鞘，帶著小隊無聲地走入陰影黑暗之中。

雖然想嘆氣，但也已嘆不出來了。

哈維恩讓自己的攻擊隊將這些入侵者扔回光明種族的地盤，轉頭繼續巡查。

沉默森林中他已算是年輕一輩的夜妖精了，但仍感到如此徬徨無力，他無法、也不想去想像長輩們接下來還要繼續面對這種空虛多久。

夜妖精的壽命不短，比起人類要長上很多、甚至長上千年。

毫無目標也不被需要的未來，自己能繼續下去嗎？

之後，學院傳來被鬼族襲擊的消息。

不過大量資訊被學院與公會封鎖，外界無法得到太多內幕，頂多就是黑暗種族回歸之類的傳言，卻也沒特別指出是什麼種族，多半都被推測是鬼王和手下罕見的鬼族。外頭沒什麼確定且詳細的說法，更別說很少與外界往來的沉默森林，基本上不太關心這場襲擊。

看著手上學院已正常運作的通知單，哈維恩想著也差不多得再回去了，沉默森林仍需要那些知識，他帶回來的很多術法、醫療都交給族裡去研究並加強沉默森林的不足之處，確實很有效果。

「也好，近期霜丘兄弟們似乎有什麼動作，你出去後，多加留意，別讓霜丘的兄弟毀壞夜妖精的名譽。」族內長老如此對他說：「我們的同族兄弟已經不多，不可再有什麼事端。」

他接下命令，再度回到學院。

但是沒想到這次回去，遇上的竟是驚人的消息──

「霜丘的夜妖精除了公會外也想與妖師一族槓上嗎？」

探查霜丘到達醫療班出現衝突後，站在他身邊那名不起眼的少年竟然說出了讓他極爲震驚的話語。即使強力壓抑心中的激動，但哈維恩不免顯露出些許動搖。

這件事得盡快通知族裡，不只妖師一族眞正出現的消息，還有霜丘兄弟們的動作。

現在還並非是「正確的時間」，霜丘的兄弟們不應該有此動作，無人對夜妖精下令，便不能擅自對「那些事物」伸出手，這是對於他們使命與信念的反叛，他必須確認。

之後，少年離開了，與公會的人帶著任務從學院出發。

哈維恩第一時間並沒有追上去，而是帶著各種沉重與懷疑回到族中，將霜丘所有事情稟報族內長老，讓沉默了上千年的沉默森林騷動了起來。不過，因爲這時魔森林裡的狀態正在惡化，似乎這段時間內，禁忌之地又出現了什麼異變，族人們被壓迫得已瀕臨發狂邊緣。

或許妖師們能夠將他們從這個困境內解放，也或許不能，所以他幾次慎重思考後，決定暫時不將少年的出現告知族人們，還未完全確定之前他不敢說，以免只是一場徒增希望的空無幻想。

哈維恩想起那名被自己摑過掌的少年，他看起來並不像妖師首領，如果妖師後人眞的還存在，他們就必須找到妖師一族的首領，也許已消失很久的一族能夠告訴他們點什麼，好讓夜妖精得以……

得以如何呢？

能夠拿回來嗎？

他轉過頭，看見族人們沉重並疲憊的表情。

每個族人都想要塡補心中失去的那一部分。

如果不能呢？

哈維恩按住佩刀的刀柄。

過不了多久，少年一行人進入沉默森林，誤踏魔森林。

領著小隊，哈維恩盡量將人搶救出來，但還是只能眼睜睜看著少年等人消失在魔森林中。

並沒有讓他們喘口氣，很快地，外圍傳來霜丘夜妖精包圍沉默森林的消息，而且進攻的戰士數量遠遠高過於沉默森林。

沉默森林的夜妖精比起其他區域好戰並野心勃勃的夜妖精，性情較爲溫順。哈維恩聽過長老們說，因爲如此，沉默森林全盛時期受到妖師一族的重用，專門讀取相當重要的黑夜之語，受到完全信賴；於是，也最服從妖師的命令。

妖師一族解除夜妖精使命後，讓他們所有人隱姓埋名好好地活下去，完全服從這個命令的沉默森林就這樣隱居起來沉寂上千年，族人數量逐漸凋零，加上近期遭到魔森林的各種殺戮，以至於現在霜丘打進來後，他們一時之間很難反擊抵禦，只能不斷被逼退。

就在這個時候，少年帶著魔使者歸返。

雖然魔使者讓沉默森林感到驚恐，但這次竟不再襲擊他們，反而聽從少年命令出手相助。

事態不斷推進發生。

霜丘想要陰影的力量，失去種族使命已讓他們不顧一切，決定成爲自己的主人。

然後陰影復甦。

那個讓霜丘兄弟們忌憚的預言正快速地應驗。

「你要去嗎？」同族青年看著正在整裝的他，問道：「沉默森林的責任遺失太久，很多事情我們也都已經不知道了，你貿然闖過去，很可能幫不上什麼忙，更可能賠上許多人的生命。」

「即使如此，這也是我們夜妖精的使命。」繫緊腕帶，哈維恩回應了友人的擔心，「因為我們是夜妖精。」

心中遺失的那一部分，或許能夠取回。

就算失去性命，但是沉默森林將能夠知道，那一部分一直以來都還存在著。

所以，他們回到了妖師的面前。

「我們是導讀黑夜之族。」

我們，並非不被需要的一族。

※

陰影事件過後，世界再度恢復平靜。

應該說，恢復之前的騷動狀態，但比起陰影差點擴張，已經算是很平靜了。

哈維恩帶著一些同盟書信回到沉默森林，確認這裡確實來了妖師一族與長老們仔細詳談便放心了。族裡不再像以前般死氣沉沉，雖然帶著些許疑慮，但族人們的臉上都出現了以往沒有的興奮光采，那是終於心中踏實了的表情。

而且魔森林也封閉了，約定不會再對他們有所傷損，算是解決長久以來脅迫族人的重石。

「您是那位叫作哈維恩的夜妖精吧。」退出長老住所後，哈維恩在外頭見到一名穿著打扮很像祕書的幹練女性，對方非常禮貌地遞給他一封信，「我在這裡等您很久了，希望您到這個地方去一趟，我們的首領想要親自見您。請不用擔心，我們的首領相當隨和，只要您不惹毛他。」

打開信封，裡面是張卡片，並沒有任何字樣，只附了一次性的陣法。

向手下交付了後續事宜，哈維恩很快便出發到卡片指定地點。

然後，在那裡見到了現任妖師一族的首領。

乍見時，哈維恩有些意外，因為現任妖師首領過於年輕，似乎還比他小很多，但很快他就推翻這個印象。不只在氣息上，青年隱隱散發出的力量感竟有種沉寂藏隱千年的老練強大，如果不看外表，哈維恩幾乎以為是在與地位崇高的長老一輩交談，這讓他立即全身冷汗，不敢對青年有任何不敬。

一五一十將古代大術的事情交代完畢，哈維恩戰戰兢兢地端正坐好，等待青年。

青年並沒有馬上給予回應，而是沉默思考了有段時間，中途還進來一名非常漂亮的女精靈替他們更換茶水。

精靈微笑著和哈維恩搭了幾句話，大致就是聊聊森林裡的事，態度相當自然友善，讓哈維恩不自覺卸下心防回答對方，甚至感覺相談愉快；過了一會兒，精靈才又禮貌地退出去忙自己的事情。

等到精靈離開後，青年才再度開口，但出乎哈維恩意料之外，青年說的話和他們剛才的談話內容完全不相干——

「長久以來讓你們痛苦等待，是妖師一族思慮不周導致的錯誤，真的很抱歉。」

然後青年輕輕伏下身，把哈維恩嚇了一大跳，連忙橫過身抓住青年的手臂，制止他的致歉，然後用這輩子最驚慌的心情結結巴巴地開口：「請不要這樣……沉默森林……很高興能再見到侍奉之族……」

青年露出溫和的微笑，拍拍哈維恩的手背，「感謝沉默森林不變的忠誠，這是妖師一族之幸。我想，我那位親族也給你惹了很多麻煩吧。」

「沒什麼……」哈維恩搖搖頭，低下視線。他總覺得自己似乎正在被長輩看望著，即使在族中可以很自然地和長老們交談，但面對妖師首領，他竟只有不敢直望對方的敬畏感。不過，卻有種滿足，內心失落的那一塊不知道什麼時候已經被填補，坐在這裡，他心滿意足。

「請你前來主要是感謝你爲了『他』豁出性命，以及想交付你……」

「能否傾聽我的請求。」用自己都覺得冒失不敬的態度打斷青年的話，哈維恩連忙開口。

青年挑起眉，讓他繼續說下去；在聽完哈維恩的話後，沒有露出特別意外的表情，只是微笑地回答：「你想跟著『他』，我沒什麼好反對的，如果『他』願意就沒問題。」

「謝謝。」哈維恩鬆了口氣。

「其實原先我想託付你其他的事，因爲我聽說你是一位相當出色的戰士，你應該也知道由妖師首領交付的會是很重要的任務，對吧。」青年端起茶，很優雅地輕輕喝了口。

的確知道對方可能要交給他很重要的事，也知道這是夜妖精的光榮，但哈維恩仍選擇自己心中記掛的那件，「很抱歉，只是先前的接觸中，我察覺『他』過於脆弱，太弱了，卻有著他無法駕馭的奇異力量，這非常危險。不僅僅是對於他本人，而是如果一踏錯腳步，會牽連到許多事情，甚至是世界。」

「你觀察得沒錯，我們也在他身上放了點東西，讓那些力量不會輕易爆發出來。」青年點點頭，「小玥和亞那的孩子都希望讓他隨著時間自然控制力量，而且不要捲入檯面下那些事裡。」

「可是他很弱……需要許多時間，我希望能夠成爲他的盾，在這段時間內儘可能剔除外來的傷害。」哈維恩抬起頭，認眞地說著：「如果未來他選擇錯誤的道路，成爲威脅，爲了妖師一族的存在，我也能夠……」握緊身邊的刀，他狠狠咬住下唇。

「如果你對他效忠，將來有個萬一就會很痛苦。」青年淡淡地看向哈維恩，並沒有在臉上表露出任何情緒，「就妖師首領的立場，我會勸你別宣誓效忠，如果哪天他與妖師一族爲敵你才好下手；但是就表哥的立場，我希望你永遠對他效忠，即使發生什麼事，讓他不得不與所有人爲敵，你也不改忠誠地站在他身邊。這個決定，你自己做吧，如果最後你痛苦得想死，我可以向你承諾，會由我親手送你進入安息之地。」

「是！」

哈維恩感激地彎下腰。

「不過這也就是說說而已，我很相信『他』的性情，他不會背叛我們，而且有亞那的孩子在，他也不可能會重蹈覆轍……走他們那條路。」青年說著，用手掌輕輕按著胸口，然後朝哈維恩淡然一笑，「所以，你放心，我會儘可能不再讓你們遇到那樣的事。」

看著青年的表情，哈維恩也說不上來，只覺得對方好像將什麼巨大的痛苦深深埋藏在心裡，那些別人看不見、也不能看見的地方。於是他不敢說什麼，僅恭恭敬敬地點了頭。

過了一會兒，青年再度微笑地開口：「那麼，既然你已經決定了，有些事情還是在這邊告訴你吧，我想這對往後你在協助他時會很有用。」

哈維恩瞇起眼睛，正襟危坐。

❀

再回到沉默森林裡，裡頭的氣氛已經改變了。

夜妖精各自忙活了起來，很快地組織出之前妖師一族的人規劃事務需要的專用人員。

哈維恩一路走到自己住處，沿途都是帶著久違笑容與輕快步伐的族人們，夜妖精們的口中唱起了黑夜一族的歌謠。

他們將重啓被沉封已久的卜術與歌謠，就像數千年前的先祖們擁有自己的種族使命，導讀屬於黑夜的語言，支撐起失落的黑暗規律。很快地，迷失道路的其他夜妖精兄弟們也能夠逐漸從這場迷茫的噩夢裡清醒，重新將夜之歌迴盪於黑暗之中。

哈維恩看著不再沉默的沉默森林，淡淡地勾起唇。

「你眞的要自己去嗎？」接受他的託付收下攻擊隊的友人在一片歡快中露出有些擔心的表情，「我覺得很危險，至少讓幾個人過去協助你吧。」

「不，我想侍奉的人不是那種願意被死跟著的人。」哈維恩整理行囊，將長刀繫緊於腰上，「或許我也得花點工夫才能順利跟上。」

「……如果眞的是個不領情的死孩子，就把他打一頓回來吧，眞心不想看你的才能被糟蹋。」友人有點痛心，他覺得哈維恩應該可以負責更爲重要的事情，去當個妖師小孩的保母很浪費，這種事讓其他兄弟來做也不是不行。

「這些事情，一定必須是我。」哈維恩拍拍友人的肩膀，「這是我的使命。」

而且，他不想拱手讓人。

如果有人想要與他爭奪，就算是同系兄弟，哈維恩認爲自己也會不留情地擊敗對方。

友人伸出手，按在他的胸口上，開口：「滿的，我們也是。」

沉默森林的夜妖精已經回到自己的路上，不再缺少一角。

即使光明種族並不友善，此時也並非他們被理解的全盛年代，但他們不畏懼那些忘卻原始意義的無知目光。

要戰便戰，夜妖精不會退卻，就算剩下最後一口氣，他們也會奮力抵抗。

「我以我的膚色爲榮，我以身爲夜妖精爲榮。」哈維恩筆直地看著族人，唸出了數千年來他們不中斷的話語：「我以黑夜一族爲榮，保有不變的忠誠與心，吟唱夜之歌。」

他們相視一笑，握住同樣深色的手臂，然後鬆開。

哈維恩揹起背包，一揮手。

「走了。」

學院中依舊是不變的景色。

就算經歷過種種惡戰，也幾乎絲毫不改。

哈維恩踏在走廊上，迎面走過來的是戴洛，因爲弟弟的事，後來幾次見到戴洛，雖然他仍笑容可掬，但眼裡已抹上了些許揮不去的憂慮。

「你回來啦。」戴洛停下腳步，如同先前般友善。

「嗯。」哈維恩不自覺地停住，點點頭。

這次戴洛並沒有用先前那種有點擔心的微笑看他，而是某種好像放心的表情，「你已經不再迷途了，這樣很好。」

原來這狩人一直記掛到現在嗎？

哈維恩看著對方，突然有點不知道該怎麼和光明種族做友善的交流，他以前對迎面撲來的光明種族都是一刀砍回去，想想，只能用平常的說話方式冷冷開口：「所以你也不用繼續多管閒事了。」

「沒錯。」戴洛像先前一樣並沒有露出不悅的神色，反而是那種安心的笑，「願忒格泰安護佑我們的夜妖精朋友不再迷惘，永遠地踏在所選的道途上。」

「……」哈維恩沒有任何反抗，非常自然地低下頭，首次接受了狩人的祝福。

走廊周圍的人竊竊私語著。

「我，很喜歡你的膚色。」戴洛並不在意其他人的目光，帶著溫暖的聲音堅定溫柔地打斷那些私語，「像黑夜和大地一樣漂亮的顏色，對狩人來說，不論是光明種族或是黑夜種族，皆爲世界的一員，我們共同生活在這裡，得到了世界的任務，並沒有什麼差異。」

看著那雙沒有移開過的目光，哈維恩再次覺得胸口裡的那一角被塡得很滿，而且僅剩的那些不安茫然也已絲毫不存。

他已經完整地確認自己的路。

「……無聊。」不知道該說什麼，他轉開目光，重新邁開步伐，擦過戴洛的肩膀。

「我想也是。」戴洛還是微笑著。

但是，謝謝。

哈維恩勾起唇，在那些周圍傳來的不善言語中低低吟起了屬於黑夜的歌謠。

那首，象徵夜妖精重回世界的黑夜之歌。

〈夜歌〉完

我會努力加油的！學長你要怎麼用我都可以！儘管用！
用我吧！
用我吧！
用我！用我！
學長！請隨意用
人參湯
人參雞湯
人參粉
人參丸
學長！
啊啊啊！學長人家是認真的啊！

by 紅麟

【護玄作品集】

因與聿案簿錄（全八冊）

奇幻靈異、驚悚推理、歡樂搞笑
無聲的紫眼少年與身懷陰陽眼的衝動派，
因與聿的不可思議事件簿。

案簿錄 陸續出版

繼【因與聿】後，護玄再次推出期待度NO.1的【案簿錄】。
原班人馬加上陸續出場的新角色，更添有趣互動；
新的故事主軸，將故事擴展至其他人氣角色。
奇幻靈異、驚悚推理，最熟悉也最新鮮的案簿錄！

異動之刻（全十冊）

輕鬆詼諧·全新奇幻
喪禮追思會上，一個個散發異樣感覺的人物接連出現。
喪禮之後，地下室竟無端冒出了吸血鬼公爵。
不會吧！住了十幾年的家原來是個大鬼屋……
17歲高中生開始了他的奇妙人生！

特殊傳說〈學院篇〉〈亙古潛夜篇〉〈恆遠之晝篇〉陸續出版

既爆笑又刺激的冒險，既青春又嗨翻天的故事設定!!
《特殊傳說》是一部揉合眾多奇幻梗更加上獨特構想的故事。
作者筆下的迷人角色、明快的鋪陳、詼諧又緊湊的劇情，帶來閱讀的全新體驗。陸續展開的不可思議校園生活加上各個角色尋找自我與逐漸成長的過程，讓人翻開故事，便一頭栽入這屬於我們的特殊傳說！

兔俠 陸續出版

各種神奇之物降臨的年代，有一群身懷異能的人們，
秉持不同的正義，邁向各自的英雄之道……
20歲娃娃臉熱血青年與伙伴們「變調」的英雄之路，於焉展開！

十年·踏痕歸［上］［下］

護玄10年創作軌跡！
集結護玄出道十年來主要四個系列的商業誌番外短文，以及多篇精彩隨筆短篇。

國家圖書館出版品預行編目資料

特殊傳說II.恆遠之書篇／護玄 著.
——初版.——台北市：蓋亞文化，2016.02
冊；公分.

ISBN 978-986-319-200-8（第二冊：平裝）

857.7　　104012497

悅讀館 RE326

特殊傳說II 恆遠之書篇 02

作者／護玄
插畫／紅麟　封面設計／克里斯
出版／蓋亞文化有限公司
地址◎台北市103承德路二段75巷35號1樓
電話◎（02）25585438　傳真◎（02）25585439
部落格◎gaeabooks.pixnet.net/blog
臉書◎www.facebook.com/Gaeabooks
電子信箱◎gaea@gaeabooks.com.tw
投稿信箱◎editor@gaeabooks.com.tw
郵撥帳號◎19769541　戶名：蓋亞文化有限公司
法律顧問／宇達經貿法律事務所
總經銷／聯合發行股份有限公司
地址◎新北市新店區寶橋路235巷6弄6號2樓
電話◎（02）29178022　傳真◎（02）29156275
港澳地區／一代匯集
地址◎九龍旺角塘尾道64號龍駒企業大廈10樓B&D室
電話◎（852）27838102　傳真◎（852）23960050
初版七刷／2022年1月
定價／新台幣 240 元
Printed in Taiwan

GAEA ISBN／978-986-319-200-8

RE326
GAEA

特殊傳說II 恆遠之書篇 02

蓋亞文化　讀者迴響

感謝您在茫茫書海中選擇了蓋亞，您的支持是我們最大的動力。
不要缺席喔，讓我們一起乘著夢想的羽翼，穿越時空遨遊天地！

姓名：　性別：□男□女　出生日期：　年　月　日
聯絡電話：　手機：
學歷：□小學□國中□高中□大學□研究所　職業：
E-mail：　（請正確填寫）
通訊地址：□□□
本書購自：　縣市　書店
何處得知本書消息：□逛書店□親友推薦□DM廣告□網路□雜誌報導
是否購買過蓋亞其他書籍：□是，書名：　□否，首次購買
購買本書的動機是：□封面很吸引人□書名取得很讚□喜歡作者□價格便宜 □其他
是否參加過蓋亞所舉辦的活動： □有，參加過　場　□無，因爲
喜歡出版社製作什麼樣的贈品： □書卡□文具用品□衣服□作者簽名□海報□無所謂□其他：
您對本書的意見： ◎內容／□滿意□尚可□待改進　◎編輯／□滿意□尚可□待改進 ◎封面設計／□滿意□尚可□待改進　◎定價／□滿意□尚可□待改進
推薦好友，讓他們一起分享出版訊息，享有購書優惠 1.姓名：　e-mail： 2.姓名：　e-mail：
其他建議：

廣告回信 郵資免付
台北郵局登記證
台北廣字第00675號

GAEA

TO：蓋亞文化有限公司 收

103 台北市承德路二段75巷35號1樓

Gaea

GAEA